河出文庫

やなせたかし詩集
てのひらを太陽に

やなせたかし

やなせたかし詩集

目次

Ⅰ　てのひらを太陽に

II　しあわせよカタツムリにのって

III さびしすぎるよ銀河系

Ⅳ　ぼくと詩と絵と人生と

V　天使のパンツ

VI　アンパンマンのマーチ

やなせたかし詩集

てのひらを太陽に

Ⅰ　てのひらを太陽に

てのひらを太陽に

ぼくらは　みんな生きている
生きているから　歌うんだ
ぼくらは　みんな生きている
生きているから　かなしいんだ

てのひらを太陽に
　すかしてみれば
まっかに流れる　ぼくの血しお
みみずだって　おけらだって
あめんぼうだって
　みんなみんな　生きているんだ

『詩集　愛する歌』

ともだちなんだ

ぼくらは　みんな生きている
生きているから　笑うんだ
ぼくらは　みんな生きている
生きているから　うれしいんだ

てのひらを太陽に
　すかしてみれば
まっかに流れる　ぼくの血しお
とんぼだって　かえるだって
みつばちだって
　みんなみんな　生きているんだ
ともだちなんだ

好きな風景

風が好き
海が好き
空が好き
　この人生が好き
あなたが好き
わたしたちをつつむ
光が好きです

白いハンカチのような雲が
影をおとしてすぎていく
まひるの丘の上
ふたりしてあるく

今がしあわせです

花が好き
歌が好き
夢が好き
　この人生が好き
あなたが好き
どこまでもつづく
この道が好きです

ちいさなテノヒラでも

ちいさなテノヒラでも
しあわせはつかめる
ちいさなこころにも
しあわせはあふれる
　私の指をしめらせて
　こんなに雨はふるけれど
　にぎりしめた手のなかに
　ほんのちいさなしあわせがある
ちいさなクチビルでも
しあわせはうたえる
ちいさな私でも

しあわせを夢みる
まつげのさきをふるわせて
こんなに風はふくけれど
にぎりしめた手のなかに
ほんのちいさなしあわせがある

ハナの上のレモン

ハナの上にレモンのせて
あたしは歩く
いいニオイがあたしのハナの上
あたしのハナの上にレモンがある
丁度そいつは
あたしのタマシイのように
セイケツで
サッパリして
スガスガしいねエ
ハナの上にレモンのせて
あたしは歩く
ラララララララ

誰かがちいさなベルをおす

黄色い街のあけ方に
誰かがちいさなベルをおす
すると朝日が眼をさまし
ポッカリ空へ顔をだす

黄色い街のヒルさがり
誰かがちいさなベルをおす
すると並木がふるえだし
木の葉の雨が降ってくる

黄色い街の夕ぐれに
誰かがちいさなベルをおす

するど夜ギリがわいてきて
そらには青い星がでる

ある日ひとつの

ある日一羽の小鳥が生れた
ほんのちいさい小鳥だけれど
その鳥の翼は海よりも青い
その鳥の眸《ひとみ》は愛にきらめく

ある日ひとつの生命《いのち》が生れた
ほんのちいさい生命だけれど
ゆりかごにゆられてほほえみうかべて
愛らしい眸はなにを夢みる

今日も一羽の小鳥が生れる
ほんのちいさい小鳥だけれど

その鳥の胸毛は空よりも青い
その鳥の心は愛にはばたく

チェックのしま馬

しま馬がしま馬に恋をした
そよ風の吹く草原で
はじめて愛のくちづけをした
夢みるおもいで抱きあった

しま馬がしま馬に恋をした
黒地に白のしま馬と
白地に黒のしま馬だった
たがいに死ぬほど好きあった

しま馬がしま馬と結婚した
しあわせすぎるおたがいの

やさしい愛の毎日だった
かわいい赤ちゃんすぐできた

しま馬がしま馬と結婚した
どういうわけか赤ちゃんは
親には似ないしま馬だった
ふしぎなチェックのしま馬だった

黒と白とのごばんじま
きれいなチェックの
しま馬だった

あんまり幸福になりたくない

あんまり幸福になりたくないの
幸福すぎると　こわいから
すこし笑って　すこし泣いて
人間だから　人間の苦労して
ほんとの幸福をたしかめたいの

あんまり美男子は好きじゃないの
あたしがきたなくみえるから
すこし甘くて　すこし辛く
人間だから　人間の苦労して
だれよりも私を愛する人

そんなにゼイタクはのぞまないの
あんがいあたしはケンヤクよ
少しつかって　少しためて
人間だから　人間の苦労して
しずかにひっそりとくらしたいわ

月夜のブランコ

月夜の月夜の
ブランコは
やさしく
やさしく
ゆれるよゆれる
ランララー　ラン
ランララー　ラン

月夜の月夜の
フン水は
さみしく
さみしく

けむるよけむる
ランラー　ラン
ランラー　ラン

月夜の月夜の
公園は
しずかにしずかに
ねむるよねむる
ランラー　ラン
ランラー　ラン

白い街

涙を
花を
かなしみを
雪ふる街に
うずめよう
しずかな雪が
そのうえに
白くつめたく
ふりつもる

むかしを

恋を
しあわせを
雪ふる街に
うずめよう
かなしくつもる
白い雪
おもかげさえも
けしていく

あの日を
夢を
ほほえみを
雪ふる街に
うずめよう
それではさらば

若い日よ
雪ふりしきる
白い街

星

ある日とつぜん手の中に
かわいい星がおちてきた
ほんのちいさなひとつぶの
真珠のように光る星

ぼくがひろったその星は
まるでふしぎな夢みたい
さんぽするときついてきて
頭の上で光るんだ

ひとりぼっちのぼくだけど
いまではやさしい星がいる

夜ふけのへやの灯をけして
ちいさな星とうたおうよ

真珠のようなその星が
ある晩ふいにきえたんだ
さがしつかれて夜があけた
どこへいったかぼくの星
かえっておいでぼくの星

勇気の歌

熱い砂漠に風が吹き
砂塵にけむる地平線
のまずくわずに一週間
もうさいごかとおもうとき
勇気がぼくにささやいた
たおれちゃダメだガンバレと

いなずま光る黒い海
さかまく波はものすごく
マストもおれた舟の上
もうさいごかとおもうとき
勇気がぼくにささやいた

嵐がなんだガンバレと

ほんのちいさなこの身体
傷つきやすいタマシイが
血潮にそまることもある
もうさいごかとおもうとき
勇気がぼくにささやいた
涙こぼすなガンバレと

おもいではけむり

けむり
けむり
おもいではけむり
すぎてしまえば
みんなみえなくなる
わけもないのにケンカして
なぐりあったあいつ
今はどこにいるのか
おもいでは
青いけむり

風よお前は

おぼえているかい
古い城のある街
柳の幹に
のこした傷あとを

けむり
けむり
おもいではけむり
こぼれた涙も
みんなきえてしまう
はじめての愛のくるしみ
泣いていたあいつ
今はどこにいるのか
おもいでは
青いけむり

けむり
けむり
おもいでは
青いけむり

ピエロの真珠

かなしみ
よろこび
ほほえみ
なみだ
ピエロよ
おまえ
しあわせなのか
赤いはなして
おどけるほほに
こぼれて光る
ちいさな真珠

みじかいしあわせと
ながいくるしみ
それでもみんな
生きているのさ
ためいきついて

くるしみ
おもいで
あこがれ
なみだ
ピエロよ
おまえ
さびしくないか
つくりわらいで
さかだちすれば

ひとつぶ光る
ちいさな真珠

生きているってフシギだな

生きているってフシギだな
キリンもカバもライオンも
ミミズもカニもミツバチも
みんなみんな生きている
丸い地球にマガリして
ぐるぐるまわって生きている
みんなトモダチ
みんな仲間
オレたちは
生きているものどうしだネ
生きているってフシギだな

おいらもおめえもみなさんも
キサマもキミもヤマイモも
みんなみんな生きている
青い地球にしがみつき
ためいきつきつき生きている
みんなトモダチ
みんな仲間
オレたちは
生きているものどうしだネ

希望の歌

大きな白い雲の下
雲の下には山があり
山には若い木があって
風にふかれてのびていく
天までとどけとのびていく
それが希望というものさ
それが希望の歌なのさ

大きな青い海の上
海の上には島があり
島には若い鳥がいて
翼を風にふるわせる

明日はとぶぞとふるわせる
それが希望というものさ
それが希望の歌なのさ

大きな街のかたすみに
ひとりでくらす友がいる
友には若い夢があり
つらいこころにまけないで
元気にくちぶえふいている
それが希望というものさ
それが希望の歌なのさ

ロマンチストの豚

ロマンチストの豚がいた
こころはやさしくおしりはまるく
ほそいひとみをまばたいて
いつもはなをならしていた
ロマンチストの豚　ロマンチストの豚
夢みる夜のあこがれに
みもだえしながらせつなくねむる

ロマンチストの豚がいた
暮しはひどくて希望《のぞみ》もないが
しかしほほえみわすれずに
いつも歌をうたっていた

ロマンチストの豚　ロマンチストの豚
夢みる夜のあこがれに
みもだえしながらせつなくねむる

ロマンチストの豚がいた
ある晩背中に翼がはえた
白い翼をはばたいて
豚は空へとんでいった
　ロマンチストの豚からは
それっきりなんのたよりもない

あこがれ

あこがれよ
なかよくしよう
おまえだけが
ともだちだ

つらいくらしで
風もひどくて
寒い朝には
泣きたくなって
ふしあわせだなと思うけれど
心のそこのかたすみに
おまえは

ちゃんと生きてるね
あこがれよ
なかよくしよう
おまえだけが
ともだちだ

人間なんてさみしいね

ぼくら
こうして
かにかくに
眼玉はふたつ
手は二本
お猿とよく似たスタイルで
たがいに似たようなものだけど
心と心をくらべれば
似ているようで似てないね
オリンピックの最中の
チャスラフスカの妙技には
いっしょに拍手したけれど

すんでしまえば君とオレ
あなたと私は
それぞれに
それぞれの思いがあるものさ

人間なんてさみしいね
人間なんておかしいね

とにかくこうして
何となく
諸行無常と生きている
このたよりない存在を
誰かがみとめてくれること
心と心がふれあって
何もいわずにわかること

ただそれだけのよろこびが
人生至上の幸福さ

どうせこの世はまともじゃない
オレもオマエもみなさんも
ほんとはマチガイかもしれない
信ずるものはあるもんか
大群集のまっただなか
石やきいもをかじりつつ
孤独のおもいに胸せまる
たったひとりで生れきて
たったひとりで死んでいく
人間なんてさみしいね
人間なんておかしいね
マチガイだったらよかったね

II

しあわせよカタツムリにのって

さびしいカシの木

山の上の　いっぽんの
さびしいさびしい　カシの木が
とおくの国へ　いきたいと
空ゆく雲に　たのんだが
雲はだまって　いってしまった

山の上の　いっぽんの
さびしいさびしい　カシの木が
私といっしょに　くらしてと
やさしい風に　たのんだが
風はどこかへ　きえてしまった

『詩集　愛する歌　第三集』

山の上の　いっぽんの
さびしいさびしい　カシの木は
今ではすっかり　年をとり
ほほえみながら　たっている
さびしいことに　なれてしまった

月夜のベンチ

愛する言葉を話したい
恋する心を話したい
風にゆれてる花のよに
ほんのちいさなささやきを
あのひとだけにしらせたい

今夜の月にも話したい
せつない心を話したい
空ににじんだ雲のよに
とおくはなれたあのひとに
私の愛をしらせたい

月夜のベンチに腰かけて
やさしい言葉で話したい
夜を流れる霧のよに
愛に傷つくかなしみを
ひとときだけは忘れたい

愛その愛

夢　その夢
光　その光
虹　その虹
すぎるおもいで
昨日の夢
昨日の光
昨日の虹
さよならラララ

花　その花
涙　その涙
風　その風

きえるあこがれ
昨日の花
昨日の涙
昨日の風
さよならラララ

波 その波
わかれ そのわかれ
愛 その愛
ゆれるかなしみ
昨日の波
昨日のわかれ
昨日の愛
さよならラララ

しあわせよカタツムリにのって

しあわせよ
あんまり早くくるな
しあわせよ
あわてるな
カタツムリにのって
あくびしながら
やってこい
しあわせよ
カタツムリにのって
やってこい

しあわせが

きらいなわけじゃないよ
しあわせに
あいたいが
いまはまだ
つめたい風の中にいよう
熱い涙を
こらえていよう

しあわせよ
あんまり早くくるな
しあわせよ
いそがずに
カタツムリにのって
ひるねしながら
やってこい

しあわせよ
カタツムリにのって
やってこい

おもいでのシッポ

おもいでのシッポ
いまも心の中にある
すぎさった昔
あの街のこと
けむっていた夕日
泣いていた私
古ぼけた虹のように
きえてしまった

おもいでのシッポ
忘れることはできない
おぼえているあの雲

廃園の噴水
それが恋とは知らず
おさなかった私
薄情な風にふかれ
きえてしまった

高速道路の鳩

私が
あなたを愛したのは
あなたの胸のそこにある
だれよりやさしい心です

でも
やさしい心とは
なんでしょう
あなたは高速道路で
あそんでいた鳩をよけそこない
ガードレールにぶつかって
死んでしまった

鳩をころせばよかったのよ
鳩をころして
あなたが
生きればよかった

いったい
のこされた私は
どうなるの
これから
私はどうすればいいの
私は
とても泣きながら
鳩に石をぶっつける

私が
あなたをにくむのは
生まれながらに
もっていた
だれより
やさしい心です

銀河鉄道の始発をまちながら

青ざめきった野のはてに
ひとつぶ星がきらめいている
私はちいさなトランクもって
あてない旅にでようとする
鉄路はにぶく光っている
地平のはてまで遠くのびて
はるかに星につづいている
さよなら
すべてのひと
なつかしい現実
私のポケットに
まだ石やきいもは

ほんのりあたたかいけれど
やっぱり別れのときがきた
私の覚悟はできているのに
夜はみじめに明けてきて
地平に明るい光がにじむ
銀河鉄道の始発
絶望号はまだこないのか

てのひらの森で

てのひらの森で
あのひとにあった
森は私たちをつつんだ
光はきえ
木の枝もうごかず
すべて沈黙し
あたたかい闇の中で
私たちは抱きあった
小鳥も
花も
下草も
なにもかもみえず

私にはただ
あなただけしかなく
ほんのちいさな世界で
ひたむきに愛しあった
もう何年も昔のこと
記憶はいまものこっているのに
いくらさがしても
もうあの森はみえない
私はてのひらをくみあわせ
森のかたちにする
てのひらの闇の中に
あのひとの顔がみえるかと

風の記憶

ほんのちいさなゆきずりの
ほんのちいさな記憶だが
ほんのちいさなおもいでに
ふしぎに涙あふれくる
ほんのちいさな傷あとが
風ふく街でうずきだす

人生なんてゴム風船
ぱちんとわれたらおしまいさ

ほんのちいさな哀しみに
ほんのちいさな胸いたむ

ほんのちいさなよろこびに
たちまち胸に灯がともる
ほんのちいさなよろこびよ
おまえにあうのはひさしぶり

人生なんてゴム風船
ふくらみすぎたらおしまいさ

バラの花とジョー

ジョーはとしよりの
目の見えない犬だ
ジョーがすきなのは
きれいなバラの花
バラの花のかげで
ジョーはいつもねむった
バラの花はゆれた
やさしくゆれた
バラの花とジョー
バラの花とジョー

「ぼくはとしよりの

目の見えない犬だ
きみはまだ若い
きれいなバラの花
あんまりちがいすぎる」
バラは風にうたった
「私はジョーが好きよ
こころのそこから好きよ」
バラの花とジョー
バラの花とジョー

(ジョーはある年
とてもおもい病気になった)
ジョーはバラにいった
「きれいに咲いたかい」

バラの花はこたえた
「夕陽よりもきれいよ」
目の見えないジョーはわらった
そして花の下で
ほほえみうかべて死んだ
バラの花とジョー
バラの花とジョー

都会の空気は
とても汚れて
その春のバラは
ほんとはみじめだった
バラはうそをついた
ジョーが死ぬといっしょに
バラの花もちった

みじかい生命がおわった
バラの花とジョー
バラの花とジョー

インク色のみずうみで

みずうみが
もっと青くなるように
みずうみに
青インクこぼす
ここに
私の恋があった
ここで
私はひとを愛した
インク色のみずうみ
いまもなお
白鳥がすべる

あのときと
おんなじに
あの夜と
おんなじに
私の心はかわらないが
みずうみの色は
かわった
せめて私は
青インクこぼす
みずうみよ
もっと青くなれ
あのひとと
私がここにならんで
すわっていた
夜になれ

カバの月夜

ある晩
カバが月をのんだ
月は
カバのおなかの中を
光りながら
おしりの方へ近づいた
カバのおしりから
月が半分顔をだした
ひやあ　すてきー
ホタルみたいだ
スポン！
月はやっととびだした

沼の水で顔をあらって
月はまた
空でかがやいた
あたたかい夜だった
そして
なんにも
なかったように
カバはしずかに
めをつむった

さびしい鉄火巻

ちっちゃい時から私は
おすしがすごく好きだった
特に愛した鉄火巻
しかしワサビはだめだった
じんと頭がしびれてきて
かなしくないのに涙があふれた
ちっちゃい時の私は
サビぬき鉄火を愛していた
いつでもひどく楽しくて
ただひたむきに笑っていた
それなのに十五の私
とうとうひとを愛してしまった

そのうえ恋にやぶれてしまった
私はヤケクソになったけれど
お酒のめない
自殺はこわい
おすしやさんへいったのだ
ヤケズシなんかたべたのだ
ワサビをきかした鉄火巻

☆

私は泣き泣きたべながら
心はすごくサビしかった

かわいそうな私への手紙

わかいのに
青春なのに
胸の血はもえるのに
そして
言葉もありますのに
話すひとさえいないのですね
群衆の中にいて孤独で
即席ラーメンたべていて
涙こぼしたりしますね
でも
もうすこしです
がまんしてください

私がここにいます
私があなたの涙をふきます
元気だしてください
夜の闇がふかければふかいほど
明日の空は青く
夕やけが紅いほど
明日の太陽はかがやくのです
またおたよりします
さようなら
封筒に私の住所と名前をかいて
たばこやさんとこの
ポストにいれる
明日
あさって
しあさって

かわいそうな私に
手紙がとどく
私の手紙が
私に

あの日の終列車

あの日
あのとき
あのひとと
しぐれの丘を
こえたかった
丘のむこうの
ちいさなまちで
ふたりしずかに
くらしたかった

最後の列車が
汽笛ならして

暗い鉄路を
ただひた走る
けむりは風に
ふきちぎられて
なんにもみえず
夜が流れる

あの日
あのとき
あのひとと
きりふる丘を
こえたかった
丘のむこうの
海辺のまちで
かもめみたいに

くらしたかった

みんな西にいくから

だれもがみんな西にいくから
私はひとり
東へすすむ

歩きつかれて涙こぼして
そのうえ
孤独で死にそうになる
こころぼそくて
やりきれなくて
ひっかえそうかとおもうけれど
ままよやけくそ
シャニムニ歩く

そのとき
ひとりのやさしい人が
とつぜん私に
手をさしのべる

おもいがけなく
ひどくうれしく
胸にすがって
泣きくずれたい
だのに私は
すました顔して
そしらぬふりで
ひたすら歩く

なにを求めて
私はいくのか
私にさえも
わからないのに

月日が青く

かなしみなんかありまして
よろこびなんかありまして
心にのこるその上に
月日が青くふりつもる

しあわせなんかありまして
さびしいこともありまして
心についた傷あとも
月日がいつかけしてゆく

ほほえみなんかありまして
きずつくこともありまして

心にしみたなにもかも
月日がのせて流れゆく

アカシヤの木の下の犬

街の並木のいっぽんの
青いアカシヤの木の下で
犬が一匹しゃがんでいる
かなしそうに顔をしかめて
ひたいにすこしシワをよせて
なにかをじっとこらえている
いったい犬はなにをしているんだ

青いアカシヤの木の下で
犬はウンコをしているんだ
「ああ　ぼくはなぜこんなところで
　ウンコするんだ　ぼくは恥かしい

でもしかたがないんだ　そうしないと
ぼくは死んじゃうんだ　ぼくには
専用のトイレなんかないんだ」

青いアカシヤの木の下で
犬はやっとそれが終った
犬はあわててけんめいに
あと足で砂をかけるのだが
恥かしさのために眼がくらんで
砂はまるで見当ちがいの方向へとぶだけだ

青いアカシヤの木の下から
犬はいそいでにげだした
自分の罪からのがれるように
そして街の群衆の中へ

偽善者みたいにまぎれこんだ
まるで生れてから一度も
ウンコしたことはないような
すました顔して
歩いていった

たとえば

たとえば
ほんのきまぐれに
たとえば
私とあなたとが
たとえば
熱い恋におち
たとえば
いっしょに旅にでて
遠くの国へいったなら
たとえば
あの日あのときに
私がつめたくしなければ

どういうふうになったかと
ふとなにげなく
かんがえて
すこし
私はほろにがい

エラクナッチャイケナイ

ホシノイノチニクラベレバ
ボクタチミンナチッポケナ
ホンノハカナイイキモノサ
トイレノナカデスルコトハ
ミンナオンナジコトナノニ
ドナリチラシテイルヒトハ
マルデミジメナカライバリ
オカネモチデモエラクナイ
ソオリダイジンエラクナイ
ミンナダレデモエラクナイ
エラクナッチャイケナイ

『詩集　愛する歌　第五集』

ミットモナイ

イマヒトトキノコノイノチ
タチマチオワルモノナノニ
フユカイナコトシタクナイ
ナンデモミンナアイシタイ
ナモナイヒトノソノナカデ
シアワセナンカミツケタイ
ヒゲハヤシテモエラクナイ
エライヒトデモエラクナイ
ミンナダレデモエラクナイ
エラクナッチャイケナイ
ミットモナイ

心の中のカモメ

私たちの生命《いのち》のはじまりは
海だというのは本当ですか
私たちの血の分子構造は
塩水に似ているというのは
本当ですか
だから
私たちの中に海があって
だから
私たちの血は
満潮とひき潮を
くりかえすのですね
だから

私たちの心の中の海で
カモメが鳴くのですね
私のカモメは
たった一羽
灰色に汚れて
方向音痴です

すこし汚れているけれど

すこし汚れているけれど
ぼくが生れたこの街よ
よりそいあった屋根の上
ほんのちいさなひだまりで
まるくなってる三毛猫も
みんな知ってる顔なじみ

まだ遠くない昔だが
ここらはみんな焼けたのだ
あたり一面火の海で
銃ももたないひとたちが
戦争のために死んだのだ

茶色にこげたやけあとで
ちいさなぼくは泣いていた

すこし汚れているけれど
ごくありふれたこの街に
やさしく雨がふりそそぐ
かなしい傷にしみるよに
すぎてしまえばなにもかも
昔のことは夢なのか

だれがえんじゅをころしたか

ただ一本のえんじゅの木
それにもたれているだけで
私のこころはおちついた

こぼれる光にぬれながら
木の葉の音をききながら
ながれる雲をながめたり
風にふかれてうたったり
その木がひどく好きだった

ある日私が知らぬまに
えんじゅはひそかにきられていた

そのいたましいきりくちは
青い樹液でぬれていた
私の好きなえんじゅの木
だれがえんじゅをころしたか

えんじゅが死んだ丘の上
私はひとりたちつくす
そして一夜があけたとき
私はいつか木になって
その丘の上にたっていた
きられたえんじゅとそっくりに
風に木の葉をふるわせた

III　さびしすぎるよ銀河系

ねがい

木や草や花に
生れたかったと
おもうときがある
木や草や花は
人間になりたいと
おもうことがあるだろうか
一度でも

『小さな雲の詩』

さびしい日

さびしさは
ゆっくりとやってきて
ぼくとならんで
腰をかけた
あっちへいけといったのに
いきなりぼくに
しがみついた

粉雪のドア

粉雪の　ドアを　あけると
粉雪の　ドアの　むこうに
だれか　いる
それは　ちいさな　ぼく
粉雪の　ドアを　あければ
ふりしきる　粉雪の　なか
にじむ　ぼく
しもやけの　手を　にぎりしめ
はなの　頭にも　雪を　のせ
まだ　なんにも　しらず
人生の　はじまりを
歩く　ぼく

ぼくひとりの国

ぼくの国はとてもちいさい
全国でぼくひとりしかいない
ぼくは王さまで国民で
警官で泥棒で
詩人で画家で
先生で生徒で
その他全部だ
ぼくは命令し
ぼくは反抗する
時に嵐になる
火山がふきあげる
溶岩が流れる

そしてまた
雪もふる
王様兼国民兼
その他全部は
その度にたたかう
傷ついて死にそうになる
でもぼくはこの国をまもる
ちいさくてもぼくの国だ

感情天気予報

感情前線は
強くはりだしています
涙まじりの風が強く
いま心はだんだんさびしくなっています
明日もくもりがちです
朝、目がさめた時
少し偏頭痛がするでしょう
一般に
失恋の季節です
センチメンタル乱気流にご注意下さい
午後から
少し晴れ間がみえます

感情は
このへんから沈静して
快方にむかいます
青いジーパンはいて
並木道の方へ散歩にいってください
もし
あのひとに逢えたら
すべて好転します
夕方
ひさしぶりに虹がでます
あなたの心の中の空に

楡の木はおぼえている

楡《にれ》の木の下に
かなしみがこぼれた
ほんのかすかな
しぐれみたいに

楡の木のそばを
わらいながら
大勢のひとが
とおりすぎていった
しかし楡の木の下の
かなしみに
たったひとりも気づかなかった

それはあんまり
しずかすぎた
それはあんまり
ひそかすぎた

楡の木の下の
かなしみは
いつのまにか
きえてしまった
風にふかれて
みえなくなった

でも楡の木はおぼえている
そのかなしみを
こぼしたひと

楡の木にすがって
泣いたひとを

ごはん粒ひと粒

ごはん粒
ひと粒に感謝
水一滴に感謝
おかげで
生きていかれます
おろそかにしては
罰があたる
わたしはしずかに眼をつむり
感謝のいのり
ささげます
ごはん粒ひと粒ずつに感謝

『人間なんてさびしいね』

ああ　こんな風にしていると
とても食事に
時間がかかるなあ

一枚の五円玉

なんにもない
なんにもない
ぼくには今日
なんにもない
でも
なんにもないはずのポケットに
なにか指先にさわるものがある
とりだしてみれば
五円銅貨
五円銅貨がでてきても
なんの役にもたたなかった
バスにさえも乗れなかった

なんだかさびしい五円玉
ぼくの心とおんなじに
まんなかに穴があいている
五円玉を眼にあてて
穴から世間をのぞきながら
ぼくは　あてなく歩いていった
口笛なんか吹きながら
みせかけだけは楽しげに

しっぽのちぎれたメダカ

まだとてもちいさいとき
はじめて　ぼくが愛したのは
シッポのちぎれたメダカだった
牛乳びんの中で飼っていた
シッポのちぎれたかわいいメダカ
とてもおかしい顔をしていた
ぼくをみるとうれしそうに
ちぎれたシッポをふっていたんだ
でもある雨のふる朝に
メダカはだまって死んでしまった
ぼくはひどくかなしかった
涙がこぼれてとまらなかった

おとなは　みんなおおわらいした
「メダカはいっぱいおよいでいる
かわりのメダカはすぐにみつかる」
泣きじゃくりながらぼくはおもった
「かわりのメダカはいないんだ
シッポのちぎれたおかしな顔の
あのメダカでなくちゃいけないんだ
どんなにたくさんメダカがいても
ぼくの愛したのは一匹しかいない」

ぜひ

ぜひ　犬に生まれてみたかった
うれしいとき　ちぎれるほど
しっぽをふってみたかった

ぜひ　花に生まれてみたかった
春になったら美しく咲いて
風にゆれてみたかった

ぜひ　鳥に生まれてみたかった
つばさをひろげて海をこえて
自由に　とんでみたかった

『さびしすぎるよ銀河系』

しかし　ぼくはひとに生まれた
ひとがひとらしく生きるには
どういう風にすればいいのだろう
ぜひ　ぼくはそれが知りたい
ぜひ　ぼくはそれが知りたい
ぜひ　ぜひ　ぜひ

末尾ひとけたのあたりくじ

宝くじを十枚買ったら
末尾ひとけたが一枚あたった
はずれるよりはいいけれど
うれしいよりもほろにがい
ありふれているあたりくじ
気にすることもないけれど
はにかみがちな気分だな
きまぐれな粉雪が
こきざみにちらつく灰色のまち
めざましいことはなにもない
おもえばぼくの人生も
末尾ひとけたのあたりくじ

まず　しあわせとしたものか
これで切手をすこし買い
ごぶさたしているかの君に
恋文なんかをかこうかな

サムガリ、サビシガリ、フルエンズ

サムガリ博士という
貧しい学者がおりました
毎日熱心に顕微鏡をのぞきこんでいました
とにかく
なにかしら微生物の研究に
熱中していたのです
窓ガラスがやぶれて
北風のふきこむ
荒れはてた研究室で
サムガリ博士は
たえず何かを観察しつづけていました
そしてついにある日発見したのです

サムガリ博士は
とびあがって
「やった！　ついにやった
これだ　こいつだ　これが
この世のさびしさの原因だ
わしはこのビールスに
サムガリ　サビシガリ　フルエンズ
と名づける
　さあ、こいつを絶滅するぞ！」
いったとたんに
ヒューとものすごい風がふき
せっかく発見した
サムガリ　サビシガリ　フルエンズは
あっというまに
世界中に飛散していったのです

さびしすぎるよ銀河系

もしもＵＦＯが実在するなら
もしも幻覚でなかったら
もしも未知の惑星からの訪問者なら
決して気楽な旅じゃない
そうでなくてどうして
この虚無的な暗黒空間へ
何億光年の漂泊を決意しようか
さびしすぎるよ銀河系
生命《いのち》の星はどこにある
もしも地球よりも進化した惑星なら
もしも心をもった生物がいるとすれば
精神の荒廃はさらに激しく

最後の時は迫っているにちがいない
ＵＦＯは脱出機なんだ
ノアの箱舟なんだ
故郷の星はもう消えたかもしれない
さびしいんだよ銀河系
地球も孤独な星なんだ
おーいＵＦＯ
ほんとにいるならおりてこい
いっしょにのり茶漬けでも喰べないか
ここもそんなによくはないが

下弦の月

今夜は下弦の月ですね
これぞメロンのかじりかけ
こころがすこしうらさびし
愛その愛のはじめには
夢みるような満月で
あたりはすべて茫然と
銀ねず色にけむったが
今夜は下弦の月ですね
もう消えそうなうす明り
闇夜はこないと思ったが
この人生のくりかえし
愛にもかげりありまして

今夜は下弦の月をみる
思案をしてもしかたがない
すぎてしまった
その日々は
こころにいつか沈潜し
下弦の月のかたちして
おもいでなんかになりにけり

シーソー

シーソーというかなしいあそびがある
一方があがれば
一方がさがる
水平になることは一度もない
ぼくと弟は
シーソーのことを
ギッコンバッタンといっていた
ギッコンバッタン
ぼくらはあそんだが
ちいさい時
弟は病気がち

学校の成績もわるかった
ぼくは
あくまで健康で
成績はとびきり上等だった
薬ばかりのんでいた弟は
いつもみんなになぐさめられ
お菓子と玩具に埋もれていた
ぼくもぜひ肺病になりたくて
わざと雨にびしょぬれになったりしたが
残念ながら平気だった
しかし
中学に入ってから
たちまち立場が逆転する
弟はすっかり頑丈になり
柔道二段で優等生

ぼくは無段で劣等生
数学なんか0点だった
ギッコンバッタン
ぼくたちは
一方があがれば
一方がさがり
いつも水平にはなれなかった
それでもぼくらは仲良しだった
シーソーをもういちどしたいと
おもっても
ああ　人生のギッコンバッタン
ひとりぼっちではできないんだ

ちいさな木札

昭和十八年晩春
福州から温州《うんしゅう》を経て上海まで
ぼくはひとりの兵隊として
決死の行軍をつづけていた
中国大陸の西岸一帯は
蜜柑《みかん》が多い
名づけて温州蜜柑　ぼくの故郷の庭にもある
そしてまたこのあたりは亡父《ちち》が
二十歳の夏に旅したところだ
その時川で水浴している
濁水渦巻く中国も
浙江省《せっこうしょう》に入ったとたん

山紫水明となる
ぼくも父がしたように
川に入って汗を流した
水は水晶のようで雲は白く
重装備で一日四十キロの行軍も
若いぼくには耐えられた
こんな美しい風景の中で
ぼくらは殺しあいをしてはいけない
思ったとたんに
迫撃砲弾の狙いうち
たちまちあがる水煙り
耳をかすめる小銃弾
いのちからがらぼくは逃げた
やっとのおもいで
上海に辿りついた時

もう戦争は終っていた
どうにか故郷へ帰りついたが
ぼくを待っていたのは
弟の白い骨壺だった
壺の中にはちいさな木札が一枚だけ
なんにも入っていなかった
白い海軍将校の制服の弟は
仏壇の写真の中で微笑していた
「兄貴　お先にいくぜ」
というように

海彦・山彦

中国の河南省　古都洛陽《らくよう》の東南に
嵩山《すうざん》という山がある
海抜千六百米
少林寺拳法発生の地と伝えられている
終生中国を愛した父は
ぼくに嵩《たかし》と命名した
そして二歳下の弟には
千《ち》尋《ひろ》の海という意味で
千尋と名づけた
嵩と千尋
山と海
山彦と海彦

それはただ兄弟の名前にすぎないが
二十四の夏
ぼくは華南の山岳地帯
尾根づたいに生死の境をくぐることになる
そして弟は
二十二歳
本当に千尋の海の底深く
永久にかえらぬひとになってしまうのだ
ぼくは今でも
海をみるたびに
かなしみとなつかしさのいりまじった
心になる
海彦
千尋
弟がそこにいる

つぶらな眸《ひとみ》をして
いくぶんかまぶしそうに
はにかみながら
弟がそこにいる
ぼくはまだ生きながらえているが
海に指をひたせば
その海の中に
弟がいる
海彦

Ⅳ ぼくと詩と絵と人生と

ふるさと

あの山のむこう
ほら　うすむらさきの
煙のたつところ
あそこがぼくのふるさとだ
もうここらへんの木や草や花は
みんな顔なじみ
子どものときの
ぼくのことを知っている
ひさしぶりだね
よく帰ってきたねと
あいさつしている

『ぼくと詩と絵と人生と』

きみにはそれが
きこえるか

ぼくの故郷は、高知県の山の中です。分水嶺《ぶんすいれい》までのぼると、はるかに瀬戸内海が青く光って見えました。

ぼくは、まるで草のように、あるいは一本の木のように山の中で育ちました。

山峡をすぎていく雲をいつもながめていたので、ぼくは雲が大好きになったのかもしれません。

感謝

母の美しい眉
長いまつげはもらえなかった
父の広い胸
長い脚ももらえなかった
団子鼻や水虫は
だれからもらったのだろう
欠点だけが遺伝したような気がする
父のやわらかく傷つきやすい心
母の負けず嫌い
それはたしかにもらった
ぼくは負けず嫌いなのに
すぐ傷つく

しかしこれがぼくなのだ
ぼくは立派な人間にはなれそうもない
でも
心がやわらかくてよかったと
思うときがある
硬質で強くて凶暴であるよりも
やさしい心がいい
白鳥に石をなげるような
芸術に全く関心がないような
そんな人間に生まれなくてよかった

朝日新聞の中国特派記者であった父は、ぼくが五歳のとき、任地で病死しました。三十二歳の若さでした。

父の書き残したものを読んでみると、つぎのような一節があります。

「私は人生において、三つのことは生涯やっていく。それは絵と詩と雄弁だ」

三番目の雄弁はとにかくとして、ぼくは自分の中に父の遺志があきらかに生きているのを感じます。

弟

ぼくにはひとりの弟があった
美貌で長身で頭脳明敏であった
ぼくと逆ということになる
弟は京大に進み
海軍特攻隊を志願して死んだ
弟はぼくにいった
「兄貴はいいよ
ひとつの目的がある
絵をかいている
俺にはなにもない
絵も文才も
兄貴に劣る」

「そんなことはないよ
　学問はきみのほうがまさっている」
弟が死んだとき
ぼくが死んで
弟が生き残ったほうがよかったと
ほんとうにぼくは思った
弟は一冊の詩集を愛読していた
三好達治の「測量船」である
ぼくは最初の短歌形式のものが
いちばん好きだ

春の岬旅のおわりの鷗《かもめ》どり
浮きつつ遠くなりにけるかも
　　　　　　　　—達治—

学校

小学生のとき
ぼくは首席以外になったことがなかった
しかし中学に入ってから
急激にぼくは成績が悪くなった
数学が零点に近い
なによりも公式を暗記するのが
いやでたまらなかった
ぼくの心は文学や美術のほうへむいた
なやましい受験生時代があり
ぼくはやっと図案科生になれた
図案のことはなにも知らなかった
ただ絵をかきたいだけだった

そしてグラフィックデザインを学ぶことになる
でもぼくはやはり
デッサンの時間のほうがおもしろかった
しかし世の中には
自分より絵のうまい人間が
いっぱいいることもおもいしった
ぼくは画家ではなく
なにか別のものにむいているような気がしたが
そのころは
それが何なのかはわからなかった

青春

青春とはいったい何だろう
ぼくにとって青春とはいったい何だったろう
ぼくはうっかりして暮らしたような気がする
一種の映画狂でありました
一日一度は喫茶店に行き
ほとんど毎日お金がなく
すべての既成作家をボロクソにけなし
自分は天才かとうぬぼれ
しかも今読んでみれば
そのころかいたものは
およそ文章にさえもなっていないし
絵のへたなことは

びっくりするほどで
身のほどしらずもいいところで
自分が
劣等のひとであったことを
いまさらにおもいしるのですが
そのころはわからなかった
なんにも知らなかった
大言壮語していた
あれがぼくの青春だったろうか

紙芝居

ぼくは兵隊に行きました
中国へ渡りました
ふしぎなことに
ぼくの父が歩いたのと
ほとんどおなじ道を歩きました
父の残したことば
「東亜の存立と日中の親善は
　双生の関係にある」
をテーマにした紙芝居を
中国の子どもたちにみせました
「双子ものがたり」
というのです

ぼくは今の新しい中国を
ぜひ父にみせたいと思います
終生中国を愛した父は
何というでしょうか

戦場

ぼくが戦場にいるとき
生命が終わりそうなとき
ふと空を見ると
雲は昔とおんなじように
流れていた
あの子どものとき
山峡をゆっくりと
流れていった
ちぎれ雲と
おんなじだった
戦場にも
花は咲いていた

可憐な野菊は
風にふるえていた
ぼくは思った
なぜ　ぼくらは
雲や花のように
生きられないのかと
なぜ　ぼくらは
殺しあうのかと
太陽は公平に
敵も味方も
照らしていた
引きがねに指をかけた
ぼくの手の上を
てんとう虫はゆっくりと
はっていた

母

母のことをかいておきます
母は再婚しました
ぼくが戦争から帰ったとき
母は再婚した人とも死別していました
母はずいぶん悪口をいわれた人でした
「お化粧が濃く派手好きで
自分の子どもを捨てて再婚した」
ぼくは母の悪口をいわれるのは
じつにいやでした
ぼくはちっとも恨んでいなかったのです
ぼくにはない
じゅうぶんに社交的な華やかな

雰囲気をもっていました
母のことば
「あんたみたいに
まっ正直に生きると
だめになるわよ
もっとずるく生きなさい」
母はずるく生きたつもりだったのでしょうか
あんまりうまくいかなかったようです
戦争から帰ったとき
ぼくは母のひざまくらで
眠りました
熱いものが
落ちてきたので
眼をさますと
母の顔がありました

「許してね」
母はひとこといいました

漫画

絵に自信をなくしたぼくは
一年間郷里の新聞社につとめたあと
上京してデパートの宣伝部に入りました
そのころ
岡部冬彦や小島功や
根本進や手塚治虫と
しりあいました
そしてぼくも漫画をかきはじめたのですが
仲間のなかで
ぼくはいちばん才能がありませんでした
それでも退職して
ペン一本をたよりの作家生活に

入ったのです
ぼくは自分の人生の中で
まがりなりにも
漫画家になれて
本当によかったと思っています
神に感謝しています
もう一度生まれなおしてきても
やはりぼくは
漫画家を志望するでしょう
とるにたりない
ヘッポコ漫画家で
あったとしても
そのために餓死しても
ぼくは後悔しません
英雄や大金持ちや

政治家になりたいと
思ったことは
ただの一度も
ありません

「てのひらを太陽に」

まもなくぼくの漫画は
ゆきづまります
仕事の悩み・病気
いろんなことが
かさなって
ぼくはほとんど
絶望のどん底に落ちます
そのとき偶然につくった歌が
「てのひらを太陽に」です
　てのひらを太陽に
　すかしてみれば
　まっかに流れる

ぼくの血しお
作曲は
その頃CMしか
つくっていなかった
無名の新人
いずみ・たくです
まさか
その歌が教科書にのり
全国の子どもたちが
うたうようになろうとは
そのときは
夢にも
思いませんでした

道

眼をつむると
ぼくの前には
ひとすじの道があります
細く長く
野こえ山こえ
砂塵に埋もれています
ぼくは
なぜ
この道をえらんだのか
ぼくは
なぜ
この道を歩くのか

たしかな答えは
ぼくにはなく
ただ蒼然と
黄昏《たそがれ》せまる
荒野を
ぼくは歩きつづけます
たとえば
一匹の蟻《あり》のように
たとえば
一匹のかたつむりのように

Ⅴ　天使のパンツ

天使のパンツ

天使のパンツがおっこちた
なにしろその日の夕ぐれは
まるでまっかな夕やけで
赤い花びらちるように
天使のパンツがおっこちた
風にふかれておっこちた
南の海へおっこちた
いまでは南のその海で
人魚がパンツをはいている

『天使の詩集』

はくせいの天使

知らない街の
知らない通りの
知らない古道具屋の
いちばん奥の
ほこりまみれのかざりだなに
はくせいの天使がおいてある
まるで空をとんでいたときみたいに
翼をひろげている
でもその目はガラスで
服の裾はちぎれている
一生けんめいほほえんでいる
はくせいの天使よ

死んでもおまえは
ひとをよろこばせたいんだね

みそしるの幸福

今朝みそしるがおいしかった
なぜこんなにも
おいしいのかと
心の中が
くすぐったかった
もしも
これが幸福なら
私はこの頃幸福です
でも
なにかしらものたりない

『幸福の詩集』

うさぎの幸福

うさぎが
草をたべている
あまり
おいしそうにたべるから
私もいっしょに
たべてみた
おいしくなかった
青くさかった

『幸福の歌』新版

麦の幸福

麦は
やっと芽をだしたとき
踏みつけられる
踏まれなければ
育たない
もっと踏んでください
強く
生きられるように

無人島の幸福

人がいないと
いうのがいい
いちばんいい
だれもいない
せいせいする

絶望のとなり

絶望のとなりに
だれかが
そっと腰かけた
絶望は
となりのひとに聞いた
「あなたはいったい誰ですか」
となりのひとはほほえんだ
「私の名前は
　希望です」

『希望の詩集』

プテラノドン

今のままでいい
あんまり変りたくない
進化してべつの姿になるのは
おそろしい
このまま
火をふく山の上を
歯をむきだして
とんでいたい

一円玉の希望

私は一円玉ですが
たしかにここにあるけれど
いつでもひどく無視されて
あってもなくても
いいような
ひどいしうちをうけている
でも一円が足りなくて
希望にとどかぬときもある

さびしそうな一冊の本

さびしそうな一冊の本にあったのは
さびしそうな町はずれの
さびしそうな古本屋だった
さびしそうな一冊の本は
さびしそうに本棚で
ひっそりと肩をすくめていた
手にとるひともいなかったのか
さびしそうな一冊の本は
うっすらと埃《ほこり》がおりていたが
少しも汚れていなかった
ページをひらいたあとがなかった

さびしそうな一冊の本は
こうしてぼくのものになった

数年たって
さびしそうな一冊の本は
突然ベストセラーになった
今は昔の面影はなく
華やかなビニールカバーで
一流の書店に並んでいる
さびしそうな一冊の本の
本当の価値にやっと世間は気づいたのだ
しかし
なぜだかしらないが
ぼくはずいぶんさびしかった
さびしそうな一冊の本よ

あの頃は
だれもしらない
ぼくひとりだけの
本だったのに

ぼくの愛した鉛筆

鉛筆をにぎりしめて
かこうとしたがかけなかった
ぐにゃっとたよりない手ざわりで
芯がぼろっとぬけおちた

見かけは立派な2Bの鉛筆
金文字をキラキラ輝かせ
えんじ色の塗料は色艶がいい
でも
芯がぬけおちたところは
うす暗い空洞になっている

なぜ
芯が
おれて
しまったのだろう?
鉛筆のうけた
ひどい受難のことについて
ぼくは聞いてみたかった
けれど
芯のおれてしまった鉛筆は
なにもかけない
話せない
見たところは鉛筆だが
実は鉛筆のかたちをした
何かになって
空しくそこにころがっていた

ぼくのいちばん好きな
ぼくの愛した鉛筆だったのに

心細い日の歌

ぼくは
あなたにたずねたい
ぼくが死んだら
泣きますか
この頃ぼくは気が弱い
ぼくがこの世にいることに
少しは意味がありますか
いっそ
すべてを忘れたい
たとえば
とおい山の中
やさしい泉のそばにある

掘っ建て小屋でくらしたい
狸なんかを友にして
いちにち
雲をながめたい
けれども
きっと
風邪ひくし
知らない虫が噛みつくし
雪がふったら
冬ごもり
やっぱり
心細いかなあ

ヒトミシリ科のヒトミシリ

ヒトミシリ科のヒトミシリ
みたところ普通のヒトですが
さびしさ食べて生きてます
やさしい言葉にうえてます

オメズ　オクセズイキタイ
ダレトデモ　ナカヨクシタイ
デモ　ヒトミシリハ　オビエガチ
オド・オド・オド

ヒトミシリ科のヒトミシリ
遠い昔の生きのこり

うらぎられることがおおすぎて
とうとうヒトミシリ科になったのか

オメズ　オクセズイキタイ
ダレトデモ　ナカヨクシタイ
デモ　ヒトミシリハ　オビエガチ
オド・オド・オド

昔よここへかえっておいで

たそがれはもうやってきた
爪先からぼくは蒼ざめる
べつに後悔しないけれど
時間はおもったよりはやかった
人生なんてなんだろう
ぼくは何をしてきたか
ぼくは何を求めたか
ぼくは何を愛したのか
ここにいるのは
だれだろう
せめて日ぐれのひとときに
ほほづえなんかつきまして

とび去った日をおもいだす
昔よここへかえっておいで
おまえとすこしあそびたい
ぼくは昔のぼくじゃない
みしらぬひとにあうように
おまえは
とまどうかもしれない
疑心暗鬼のくりかえし
いくらか荒《すさ》んだ眼になった
昔よここへかえっておいで
おまえとすこしねむりたい

旅のかもめと灯台

無名岬のはしっこに
無人灯台がたっている
ずんぐりむっくりたっている
旅のかもめが灯台にいった
「世界中ぼくは旅しているが
君ほど不格好な灯台ははじめてみた」
その夜はひどい嵐になった
灯台は風雨にいためつけられたが
明るい光は消えなかった
翌朝嵐がおわったとき
感動したかもめは灯台にいった
「世界中ぼくは旅しているが

君ほど勇敢な灯台ははじめてみた」
灯台はなにもこたえなかった
無名岬のはしっこで
ずんぐりむっくりたっていた
まばゆそうにはにかみながら

すみれの手紙

遠くの国の友だちが
ぼくによこしたこの手紙
海のにおいがすこしする
手紙の中にちっぽけな
青いすみれが入っていた

遠くの国の友だちの
庭に咲いてた花なのか
それとも風に運ばれて
ぐうぜんそこに入ったのか
それはぼくにはわからない

遠くの国の友だちの
手紙の中のこのすみれ
ほんのちいさなその花が
ぼくにはなぜかなつかしく
ノートの中にしのばせた

ひとはみんな泣き叫びながら

ひとはみんな泣き叫びながら生まれる
絶叫する
この世の汚濁と人生の苦痛を予感するのか
ホモサピエンス
そして
よろこびと
悲しみと
後悔と希望と
愛の
片道切符をにぎりしめて
不安な旅を続ける

いつのまにか
通りすぎたいくつかの駅
しかしほんの一秒も
停止することはできなかった
なにがなんだかわからないまま
もうターミナルが近づいてきた
でも　あなたに逢えたから
決して愚痴はこぼさない
ところで　あなたは……。

もう少し才能があれば

もう少し才能があればよかった
もう少し美しく生まれればよかった
もう少し背が高ければよかった
もう少し健康ならよかった
もう少し運動神経があればよかった
もう少し　もう少し
もう少しとはどのくらいだろう
いつも何かが足りなかった
そのくらいで充分ではないかと
いわれることもあるし
そうかもしれないと思う時もある
でもやはり足りない

なにかが足りない
足りないから
いいのかもしれない
何もかも充分というのは
ちょっと気持が悪い
でも、やっぱり何か足りない
ところで　あなたは……。

明滅する時代の星影に

明滅する時代の星影に照らされて
ぼくらは歩く　このさびしげな道
今　ぼくらはどこにいるのか
今　ぼくらは何をしているのか
見えない渦状星雲の中
ぼくらは時の流れに身をまかせて歩く
それでもなお愛したい　このひととき
めぐりあいたい　わかりあう魂
それがたとえ一冊のうすい本の中であっても
ところで　あなたは……。

老眼のおたまじゃくし

山のうえの古い池に
おじいさんのおたまじゃくしが
住んでいた
もうとてもとしをとっていて
ひどい老眼になっていた
なにもかもみんなぼやけて見えた
さざ波もすいれんも散る花も
なにもかも

山のうえの古い池の
おじいさんのおたまじゃくしの

レコード『0歳から99歳までの童謡』

ひとりごと
ずいぶんながく生きてきた
ひどい老眼になったけど
おでこにしわがよってきたけど
いつまでもかえるにはなれないで
このままさ

山の上の古い池に
おじいさんのおたまじゃくしが
住んでいる
子どもの心そのままで
ひどい老眼なんだけど
かえるになれないおたまじゃくしは
ふなの子や水すましなにもかも
なかよしさ

かえるに
なれない
おたまじゃくしは
それでも
しあわせだったのさ

ノスタル爺さん

人生なんて　夢だけど
夢の中にも　夢がある
ノスタル爺さんノスタルジー
ハンテンボクの　木の下で
肩ふるわせて　泣いていた
いじらしかった　あの人も
面影のこる　片えくぼ
けれども今では　孫ができて
おばあちゃん
情けねぇ！
　あーあーしょうがない

時の流れは　かえらない
あーあ　ああああ　あー
ああああ　あ　あ　あー

血潮が熱い　あの頃は
若さの他は　何もない
ノスタル爺さんノスタルジー
桜並木の夕まぐれ
愛するひとと　めぐり逢い
肩よせあって　ときめいて
年上だった　あの人に
手ほどきされた　キスの味
ああ　腰が抜けてしまったんだ
情けねぇ！
あーあーしょうがない

時の流れは　かえらない
あーあ　ああああ　あー
ああああ　あ　あ　あー

人生は　短い
昨日の少年少女も
明日は　爺さん婆さん
またたく間に　過ぎてゆく
それなら　楽しく生きよう
すべての人に　やさしくして
やがて煙になって　消えていくのさ

過ぎてしまえば　みんな夢
手ひどく愛に　傷ついて
ノスタル爺さんノスタルジー

涙こぼした　若い日よ
ああ少年は　老いやすく
緑の若葉　色あせて
たそがれ迫る　人生に
赤い夕日が　しみてくるんだ
うすくなった頭に！
情けねぇ！
　あーあーしょうがない
　時の流れは　かえらない
　あーあ　ああああ　あー
　あああ　あ　あ　あー

思えば都の　西北で
夢見た頃は　遠く過ぎ
ノスタル爺さんノスタルジー

明日が見えぬ　迷い道
ああ青春は　ほろにがく
光と影が　いりまじる
どんどんすれる　我が髪よ
気づいてみれば　禿《は》げちゃった
情けねぇ！
あーあーしょうがない
時の流れは　かえらない
あーあ　ああああ　あー
あああ　あ　あ　あー

Ⅵ

アンパンマンのマーチ

アンパンマンのマーチ

テレビアニメ『それいけ!アンパンマン』

そうだ　うれしいんだ
生きる　よろこび
たとえ　胸の傷がいたんでも

なんのために　生まれて
なにをして　生きるのか
こたえられないなんて
そんなのは　いやだ！
今を生きる　ことで
熱い　こころ　燃える
だから　君は　いくんだ

ほほえんで
そうだ　うれしいんだ
生きる　よろこび
たとえ　胸の傷がいたんでも
ああ　アンパンマン
やさしい　君は
いけ！　みんなの夢　まもるため

なにが君の　しあわせ
なにをして　よろこぶ
わからないまま　おわる
そんなのは　いやだ！
忘れないで　夢を
こぼさないで　涙
だから　君は　とぶんだ

どこまでも
そうだ　おそれないで
みんなのために
愛と　勇気だけが　ともだちさ
ああ　アンパンマン
やさしい　君は
いけ！　みんなの夢　まもるため

時は　はやく　すぎる
光る　星は　消える
だから　君は　いくんだ
ほほえんで
そうだ　うれしいんだ
生きる　よろこび
たとえ　どんな敵が　あいてでも

ああ　アンパンマン
やさしい　君は
いけ！　みんなの夢　まもるため

夕日の歌

ぼくは今、夕日を見ている
もうすぐ暗い夜だというのに
なんという真紅《まっか》な夕焼け
孤独な夕日は輝きながら沈んでいく
とまれ夕日
もうしばらくはそのままでいてくれ
あれは誰？
金にふちどりされた
すみれ色の雲の下
飛んでくるのは
あれが噂のアンパンマン
まるい団子ばなは紅潮して
ほっぺたもりんご色

ぼくの生命の分身が
幻影のように飛んでくる
ぼくのぱっとしない人生の晩年に
めぐりあったヒーロー
アンパンマン
君に逢えてよかった

夕日よとまれ
ほんのひととき
ぼくが
君の伝説をかき終わるまで

はじまりは、わからない

いつもよく聞かれる質問がある
「アンパンマンをいつ
　どうやって思いつきましたか」

そいつはぼくには解らない
何がなんだか五里霧中
あいまいな迷い道
ゆきくれている毎日だった

とにかくある日
ひとつの生命が生まれた
茶色のマントをひるがえして
メルヘンの国から飛んできた

アンパンマンをかきはじめたとき
なにか不思議ななつかしさをおぼえた
どこかぼくの弟に似ている
ドキンちゃんはなぜか
ぼくの母親の面影があり
性質は妻に似ている

「やなせさんは
　顔を食べられてほっぺたのこけた
　アンパンマンですね」
といわれたことがある
ぼくとはまるで似ていないが
アンパンマンについて話すことは
あるいは自分史と重なるかもしれない
お恥ずかしいがしかたがない

最初の絵本

ぱっとしない無名漫画家だったぼくの
最初のヒット絵本は
『やさしいライオン』で
ラジオ・ドラマ・コーラス
紙芝居・映画・その他いろいろ
影絵劇団の「角笛」では
今年も再・再演
絵本は相変らず版を重ねて
今や古典的なロングセラー
『やさしいライオン』が
なかったら
アンパンマンは生まれなかった
だからアンパンマンの母は

『やさしいライオン』で
アンパンマンはライオンから
生まれたということになる

とはいうものの
はじめは評判がよくなくて
「こんな絵本はやめなさい
　これはどうしようもない駄作」
と、多くの人に忠告された

人生はいつも解らない
未来のことは解らない
誰も認めなかったこの絵本を
最初に認めたのは誰だったのか

最初の予兆

ひっそり出版されたぼくの絵本
誰も知らない、話題にもならない
編集者には嫌われて
「あれはやなせさんの本質ではない
もう二度とかかないでください」
と、いわれたアンパンマンを
最初に認めたのは
いったい誰だったのか

ある日フィルムの現像にＤＰ屋へ行くと
そこのおやじのいうことには
「先生アンパンマンという絵本かいてるね
うちの坊主はあれが好きでね
毎晩せがむもんだから

おれすっかりおぼえちまった」
なんなんだこれは？
かすかな戦慄《せんりつ》が背筋を走った

これが最初の予兆だった
あっというまに全国の二歳・三歳児
幼稚園・保育園にひろがっていった

つまり最初に認めたのは
二歳から五歳までの幼児たちだったのだ
純真無垢《むく》の批評家は
何の先入観もなしに
判定をくだした
そして奇跡が始まった

あれ

アンパンマンをつくったのは
パンつくりの名人
ジャムおじさん
でも
アンパンマンをつくった
ジャムおじさんをつくったのは
ぼくなんだ
何にもない白い紙の上に
ジャム・バター・チーズと
生まれていった
ジャムおじさんとアンパンマンは
まんまる顔
めいけんチーズとバタコさんは

まんなかがくびれたピーナッツ顔

こうしてアンパンマンは
とびはじめた
幼稚園、保育園、
幼児たちのあいだで
ひっそりと人気者になっていった

しかし、なんだか物足りない
お話の緊張度が不足している
さて、その原因はなんだろう？
ぼくはすっかり悩んでしまった
ところがある日不意にわかった
そうか、そうなんだ、あれが足りない
ぼくが気づいた〝あれ〟は
なんだったのか？？

ばいきんまん登場

ある日作曲家のいずみ・たくから
電話がかかってきた
「やなせさん、アンパンマンを
　ミュージカルにしようよ」
ええっ！　ぼくはおどろいた
そして最初のミュージカル
「怪傑アンパンマン」は
六本木のフォンテーヌビルの地下で
ひそやかに上演された

観客の反応をみていると
面白がってはいるものの
何か不足している
何かが足りない、なんだろう？

そしてある日
不意にぼくは気がついた

光に対する影
影がなければ光もない
全身まっくろけ
紫色の鼻と唇の正義の敵
どこかにくめない悪役は
闇の中からとびだしてきた

ハ行で笑うハヒフヘホー
わかれるときにはバイバイキーン
最後はアンパンチでやられるが
次の回では平気な顔で大あばれ
アンコに塩味、料理にスパイス
アンパンマンにはばいきんまん

アンパンマンワールド

アンパンマンは空を飛び
アンパンマンは自分の顔をちぎって
ひもじい子どもを助ける
でも
そんなことができるだろうか
絶対にできない

たったひとつだけ方法がある
アンパンマンの住む世界が
ぼくらの世界とちがう
ファンタジーランドで
たとえば
ピーターパンの
ネヴァーランド

あるいは
ムーミン谷のようなものだとすれば
そこでは不可能が可能になる
だから、ぼくは
このお話の中の子どもたち
学校の先生
町の人たちを人間にしなかった

でも
犬のチーズは洋服着ていないし
普通の動物もたくさんいる
ぼくらの住んでいるこの俗世間にも
猫・犬・狸・豚・馬・牛　等々
いりまじって暮している
アンパンマンワールドも
おんなじです

勇気の花がひらくとき

どこか知らない　遠いところで
だれかが泣いている　声がきこえる
泣かないで　くじけないで
ぼくがここにいるよ
勇気の花がひらくとき
ぼくが空をとんでいくから
きっと君を助けるから

風がうずまく　深い谷間で
ぼくを呼んでいる　声がきこえる
おそれるな　がんばるんだ

テレビアニメ『それいけ!アンパンマン』

夜はすぐにあける
勇気の花がひらくとき
ぼくが空をとんでいくから
きっと君を助けるから

赤く乾いた　砂漠の中で
助けを呼んでいる　声がきこえる
たちあがれ　元気をだせ
オアシスはちかいぞ
勇気の花がひらくとき
ぼくが空をとんでいくから
きっと君を助けるから

勇気りんりん

勇気の鈴が　りんりんりんりん
ふしぎな冒険　るんるんるん
アンパン　しょくぱん　カレーパン
ジャムバタチーズ　だんだんだん
ルンルン　かわいい　おむすびまん
ゴシゴシ　みがくよ　はみがきまん
めだまが　らんらん　ばいきんまん
それいけ　ぼくらの　アンパンマン

名犬チーズ　わんわんわん
きもちがわるいな　かびるんるん
あまいの　だいすき　アンコラ

てんてんどんどん　てんどんまん
どこから　きたのか　へんななかま
ほらほら　はじまる　おおさわぎ
なんなん　なんでも　とんちんかん
ぼくらの　ともだち　アンパンマン

ドキドキ　させるよ　ドキンちゃん
やさしい　顔の　ジャムおじさん
バタバタ　はしるよ　バタコさん
みんなが　だいすき　アンパンマン

やなせたかし年譜

一九一九年（〇歳）　二月六日、父・柳瀬清、母・登喜子の長男として生まれる（本名：柳瀬嵩）。両親は高知県在所村（現・香美市香北町）出身。父は東京朝日新聞の記者だった。

一九二一年（二歳）　六月、弟の千尋《ちひろ》が生まれる。

一九二三年（四歳）　父が特派記者として中国へ単身赴任となり、やなせは母、弟とともに父母の故郷へ。

一九二四年（五歳）　父が赴任先の中国で客死、享年三十三。弟は南国市で開業医をする伯父の養子となり、やなせは母、母方の祖母とともに高知市へ転居。

一九二五年（六歳）　高知市立第三小学校（現・高知市立追手前小学校）に入学。

一九二六年（七歳）　母が再婚し、やなせは南国市の伯父の元に預けられ、弟とふたたび一緒に暮らす。後免野田組合尋常小学校（現・南国市立後免野田小学校）に転校。

一九三一年（一二歳）　高知県立高知城東中学校（現・高知追手前高校）に入学。

一九三七年（一八歳）　東京高等工芸学校工芸図案科（現・千葉大学工学部）に入学。

一九四〇年（二一歳）　東京田辺製薬に入社、宣伝部に勤務。

一九四一年（二二歳）　徴兵され、九州・小倉の部隊に配属される。

一九四三年（二四歳）　中国大陸に出兵。

一九四五年（二六歳）　上海近郊の泗渓鎮《しけいちん》で終戦を迎える。

一九四六年（二七歳）　三月、中国より帰国、帰郷してはじめて弟・千尋の戦死（一九四四年没、享年二十二）を知る。高知新聞社に入社。社会部記者を経て、「月刊高知」編集室に配属。そこでのちに夫人となる小松暢《のぶ》と出会う。

一九四七年（二八歳）　先に上京していた暢を追うように、やなせも退社して上京、暢と同棲をはじめる。一〇月、三越百貨店に入社、宣伝部でデザイナーとして勤務。五〇年に誕生した有名な包装紙「華ひらく」（猪熊弦一郎デザイン）の、白地にちらばる赤いモチーフ内に書かれた筆記体の文字「Mitsukoshi」は、当時のやなせの筆である。この頃より、様々なメディアへ漫画の投稿を行なう。

一九四八年（二九歳）　小島功を中心とした若手漫画家集団「独立漫画派」に参加。

一九五三年（三四歳）　フリーの原稿収入は会社の給料の三倍近くになり、三越百貨店を退社、漫画家として独立する。

一九五四年（三五歳）　ニッポンビール（現・サッポロビール）広告用のパントマイム漫画「ビールの王さま」をはじめ、連載漫画を多数手がける。「漫画集団」に参加。漫画集団には、その頃、全盛期を迎えていた大人漫画の花形漫画家たちが集い、漫画家のエリート集団といわれていた（当時は手塚治虫をはじめとする児童漫画家、ストーリー漫画家は格下に目されていた。のちに手塚たちも漫画集団に参加）。仕事が早くて器用なやなせはテレビやラジオ番組の構成、雑誌のインタビューなど多彩な活動を行なうようになるが、次第に漫画の仕事は減っていき、漫画の代表作が生み出せないことに長年にわたって劣等感を抱くようになる。

一九六〇年（四一歳）　舞台美術を担当したミュージカル『見上げてごらん夜の星を』（永六輔作・演出、いずみたく作曲）上演。ある日突然、面識のない永六輔が自宅にやってきて、舞台美術の依頼をしてきた。この仕事で、のちの盟友、作曲家のいずみたくと出会う。

一九六一年（四二歳）　宮城まり子司会によるNET（現・テレビ朝日）のニュースショーの構成を担当していたことから、自身で作詞し、いずみたくに作曲を依頼した「手のひらを太陽に」が、番組内で宮城まり子によって歌われる。「手のひらを太陽に」は翌年、NHK『みんなのうた』でも放送（歌は宮城まり子とビクター少年合唱隊、絵はやなせたかし）。〈（漫画の）仕事もないのに徹夜して仕事場で詩ともいえないようなものを書いたりしてたんですね。退屈だから仕事場にあった懐中電灯を自分の手のひらに当てて子どものときのレントゲンごっこを思い出して遊んでいたら、血の色がびっくりするほど紅《あか》くてきれいで見惚《ほ》れてしまいました。／そのときに「手のひらを太陽にすかしてみれば」のフレーズが浮かんだのです〉（『人生なんて夢だけど』二〇〇五年、フレーベル館）。なお『詩集 愛する歌』などの詩集では「てのひらを太陽に」と表記されている。〈平仮名の方がやわらかい感じがする〉（『オイドル絵っせい　人生、90歳からおもしろい！』二〇〇九年、フレーベル館）。

一九六三年（四四歳）　詩集『こどもごころの歌』を自費出版。テレビやラジオの仕事として歌われることを前提に書いた詩がたまってきたので、〈自分のためにだけ整理したものなので、大変チャチですし、部数も最小限にとどめました〉（「あとがき」）。

一九六四年（四五歳）　NHK『まんが学校』に講師として出演（〜六七年）。司会は落語家の立川談志。この番組がきっかけで、子ども向けの雑誌からも仕事が舞いこむようになる。六六年には談志との共著『まんが学校　だれでもかけるまんが入門』（三一書房）として単行本化。東京12チャンネル（現・テレビ東京）のテレビ映画『ハローCQ』（羽仁進監修）の脚本を担当。

一九六五年（四六歳）『まんが入門　あなたのためのユーモア製造法』（華書房）刊行。初めての創作絵本『飛ぶワニ』（岩崎書店）刊行。二冊目の詩集『ぼくのまんが詩集』を自費出版。「映画芸術」「映画の友」など映画誌での連載エッセイをまとめた『しね・すけっち』を自費出版。みわ工房より、やなせの詩や絵を描き入れた茶碗や皿などの陶器を販売、好評を博す。〈この頃の陶器を買われた人が意外と大勢いて、今でも「先生の名前を初めて知ったのは湯呑み茶碗です」なんて言う人がいるので赤面します〉（『人生なんて夢だけど』）。

一九六六年（四七歳）　商業出版による初の詩集『詩集　愛する歌』を山梨シルクセンター（現・サンリオ）より刊行。やなせの自費出版詩集に目をとめた同社の辻信太郎社長（当時）がその詩に惚れこみ、出版が実現した。〈この詩集はぼくの出発点で、また「詩とメルヘン」創刊の原点にもなっているし、ある意味ではサンリオ社の原点でもあるのです。／なにしろ『愛する歌』はサンリオ社が最初に出版した本で、／その時にはまだ山梨シルクセンターという名前の小会社で出版部はなかったのです。『愛する歌』を出版するために出版部をつくったのです（略）〉（『詩集　愛する歌　第一集』一九九一年、「この本の新しいあとがき」）。『愛する歌』は版を重ね、以後、詩人としての活動が増えていく（やなせ自身は詩人と名のることはなかった）。

一九六七年（四八歳）　文化放送のオムニバス形式のラジオドラマ番組『現代劇場』より突然の依頼を受け、一晩で脚本を執筆した三〇分のミュージカル「やさしいライオン」放送。作曲は磯部俶、コーラスはボニージャックスが担当。この頃、磯部がフレーベル館の主催する合唱団の指導をしており、ボニージャックスも同合唱団とのかかわりがあったことから、やなせはフレーベル館を紹介してもらう。「週刊朝日」のプロ・アマ不問の公募企画「百万円懸賞連載マンガ」（入選者には賞金百万円と同誌での半年間の連載枠が与えられる）にパントマイム漫画「ボオ氏」を応募、入選となり、半年間の連載を獲得。プロでありながら作品を投稿したのは〈いつまでたっても、うだつのあがらない三流漫画家の破れかぶれの行動にすぎなかった〉（『アンパンマンの遺書』一九九五年、岩波書店）。「ボオ氏」はその後も「詩とメルヘン」誌などで描き続けられ、漫画作品の代表作のひとつとなる。

一九六九年（五〇歳） 幼稚園・保育所向けに販売されているフレーベル館の月刊絵本「キンダーおはなしえほん」五月号として、二冊目の創作絵本『やさしいライオン』発表（のちに「トッパンのおはなしえほん」の一冊として市販化。七五年、絵を全面的に描き直して再刊行）。美術監督・キャラクターデザインを務めた長編アニメ映画『千夜一夜物語』（手塚治虫原案・総指揮）公開。この映画は手塚ひきいる虫プロダクションによる大人向けアニメーションで、キャラクターは大人漫画の描き手に依頼しようとなったことから、やなせが抜擢された。興行的には大成功をおさめ、やなせは手塚から、ヒットのお礼として短篇アニメーションを虫プロで自由につくってくださいと言われて、『やさしいライオン』のアニメ化にとりかかる。読切の大人向け短編童話「こどもの絵本」（七〇年、『十二の真珠』として山梨シルクセンターより単行本化）を「PHP」誌に一年間連載、一〇月号で「アンパンマン」を発表。初めてアンパンマンの名前が付けられたのは太ったおじさんで、空を飛びながら、空腹の人に焼きたてのアンパンを届けていた。

一九七〇年（五一歳） 監督・原作・脚本を務めた短編アニメ映画『やさしいライオン』（虫プロダクション製作）公開。同作は第二四回毎日映画コンクール第八回大藤信郎賞を受賞。

一九七二年（五三歳） 絵本好きの漫画家と「漫画家の絵本の会」を結成（最初のメンバーはおおば比呂司、佐川美代太郎、多田ヒロシ、長新太、手塚治虫、永島慎二、馬場のぼる、前川かずお、やなせたかし、牧野圭一の十名）。第一回漫画家の絵本の会展覧会は、七四年一月、日本橋丸善で開催。以後、毎年恒例となる。

一九七三年（五四歳） 雑誌「詩とメルヘン」がサンリオより創刊、責任編集を務める（二〇〇三年に休刊）。〈〔サンリオの〕辻社長に逢って抒情詩と絵の季刊誌をぼくの編集で出版したいと軽い気分で提案すると、なんとこれがふたつ返事でOK！ さっそく自分でレイアウトし、詩数編は手許《てもと》にあったガリ版刷りの同人誌から集め、表紙も挿絵もカットも画風を変えてひとりで描き、漫画ページ、メルヘンも書いて、あっという間に誕生した〉（『人生なんて夢だけど』）。創刊号は雑誌としては異例にも重版を重ね、たちまち月刊化。『やさしいライオン』が好評だったことからフレーベル館から創作絵本を依頼されるようになり、「キンダーおはなしえほん」一〇月号として絵本『あんぱんまん』発表（七六年に市販化）。アンパンでできた自分の顔を差し出して空腹の人を助ける、今日《こんにち》までよく知られる姿のアンパンマンが、ここに誕生した。

一九七五年（五六歳） 初のサンリオによるアニメーション、原作・脚本・共同演出を務めた短編映画『ちいさなジャンボ』公開。「アンパンマン」に愛着があったやなせは、「詩とメルヘン」一月号より挿絵入りの大人向け物語「熱血メルヘン　怪傑アンパンマン」連載開始（〜七六年六月号。七七年にサンリオより単行本化）。絵本『それいけ!アンパンマン』（フレーベル館）刊行。「詩とメルヘン」の子ども版として月刊誌「いちごえほん」がサンリオより創刊、責任編集を務める（八二年に休刊）。

一九七六年（五七歳） 「いちごえほん」九月号より漫画「あんぱんまん」連載開始（〜八二年七月号。二〇一六年に復刊ドットコムより『だれも知らないアンパンマン　やなせたかし初期作品集』として単行本化）。いずみたくの企画・音楽により、大人向けのミュージカル『怪傑アンパンマン』（キノトール演出）上演。

一九七七年（五八歳） 原作・脚本・演出を務めた短編アニメ映画『バラの花とジョー』（サンリオ製作）公開。

一九七八年（五九歳） 『十二の真珠』収録の「チリンの鈴」を原作に、脚本も務めた短編アニメ映画『チリンの鈴』（サンリオ製作）公開。『チリンのすず』（フレーベル館）として絵本化。

一九八二年（六三歳） イラストレーションの専門誌「イラストレ」がサンリオより刊行（「詩とメルヘ

ン」の臨時増刊号で不定期）、責任編集を務める（八五年に休刊）。

一九八三年（六四歳）　幼児の間で人気に火がつき、幼稚園や保育所を中心にその世界を広げていた「アンパンマン」の新シリーズ〈アンパンマン ミニ・ブックス〉（フレーベル館）が刊行開始（～八五年。全二五巻）。「アンパンマン」の人気を不動のものとする。

一九八八年（六九歳）　テレビアニメ『それいけ！アンパンマン』（日本テレビ系列）放送開始。〈月曜日、午後五時という再放送しかやらない時間帯の自主制作、関東四局のみという、まれにみる最悪の条件で、ひっそりと出発した。拍手する人は誰もいなかった〉。ところが、〈いきなり視聴率七パーセント、この時間帯としてはほとんどベストに近い。それから後も時には十パーセントを越え、快調にすべりだした〉（ともに『アンパンマンの遺書』）。

一九八九年（七〇歳）　『それいけ！アンパンマン』初の長編アニメ映画『それいけ！アンパンマン キラキラ星の涙』公開。以後、毎年のように映画版が製作され、二〇二四年には第三五作目が公開。

一九九〇年（七一歳）　読売新聞日曜版に漫画「とべ！アンパンマン」連載開始（～九四年）。「アンパンマン」で第一九回日本漫画家協会賞大賞を受賞（日本漫画家協会は、独立漫画派の小島功が立役者となり、漫画集団のメンバーが母体となって六四年に設立された漫画家の職能団体）。「アンパンマン」は〈漫画ではなく絵本だから、賞の対象にはならないと思っていた。（略）正直いってこの受賞はうれしかった。暗夜の光という感じだった〉（『アンパンマンの遺書』）。

一九九三年（七四歳）　妻・暢、永眠。

一九九四年（七五歳）　東京都新宿区に「やなせたかしの店 アンパンマンショップ」開店。高知県香美郡香北町（現・香美市）名誉町民に。

一九九五年（七六歳）　「アンパンマン」で第二四回日本漫画家協会賞文部大臣賞を受賞。第一六回サンリオ美術賞を受賞。初の自叙伝『アンパンマンの遺書』（岩波書店）を刊行。〈アンパンマンとめぐり逢えて本当によかった。これが幸福な晩年というものかもしれない〉（同書）。

一九九六年（七七歳） 高知県香美郡香北町に「やなせたかし記念館 アンパンマンミュージアム」開館。少年少女新聞に漫画「ピョンピョンおたすけかめん」連載開始（〜二〇〇〇年）。

一九九八年（七九歳） やなせたかし記念館に「詩とメルヘン絵本館」を増設。日本童謡協会功労賞を受賞。

二〇〇〇年（八一歳） テレビアニメ『ニャニがニャンだーニャンダーかめん』（テレビ朝日系列）放映開始（〜〇一年）。北海道富良野市に「やなせたかしの店 アンパンマンショップふらの店」開店。日本児童文芸家協会児童文化功労賞を受賞。日本漫画家協会理事長に就任。

二〇〇三年（八四歳） CD『ノスタル爺さん』を発売、歌手デビュー。

二〇〇七年（八八歳） 〇三年に休刊した「詩とメルヘン」の後継誌として季刊誌「詩とファンタジー」がかまくら春秋社より創刊、責任編集を務める。

二〇〇九年（九〇歳） 『それいけ！アンパンマン』が単独のアニメーションシリーズの登場キャラクター数（一七六八体）でギネス世界記録に認定。アニメ放送一〇〇〇話目達成。

二〇一〇年（九一歳） 朝日小学生新聞に「やなせたかしのメルヘン絵本」連載開始（〜一三年）。

二〇一一年（九二歳） 高知県名誉県民顕彰。

二〇一二年（九三歳） 日本漫画家協会の会長に就任。

二〇一三年（九四歳） 一〇月一三日、永眠。

解題

本文庫は、『やなせたかし全詩集』（二〇〇七年、北溟社）を底本として、同書に収録された作品より（ただし「勇気りんりん」は未収録）、著名な作品を優先的に収録した。『やなせたかし全詩集』は「手のひらを太陽に」創作四十五周年を記念して出版された六六四頁の大著だが、すべての作品を収録しているわけではなく、実際は自選詩集である。また〈実はアンパンマン関係の百曲ばかりは数曲のみにとどめて収録しなかった。／これはアンパンマン歌集として別にまとめた方が良いのではないかと思ったからだ〉（『オイドル絵っせい　人生、90歳からおもしろい！』二〇〇九年、フレーベル館）。

この『やなせたかし全詩集』や『詩集 愛する歌』全五巻の新装版など後年に出された一部を例外に、やなせの詩集の大きな特徴として、それぞれの詩には自身による絵が組み合わされている。やなせにとっての絵は、挿絵やカットではなく、詩の一部だったのである。もしかしたら漫画家としての自負でもあったのかもしれない。〈ぼくの場合／絵が文字のかわりをするところがありまして／活字よりも／気楽に感情を託しやすい。／なんとか絵と文字と両方あわせて／一篇の詩（?）になるのです。／（略）／ですから／これは決して詩画集じゃなくて／はずかしながら詩集です〉（『さびしすぎるよ銀河系』一九七八年、サンリオ、「はじめにちょっとごあいさつ」）。

第Ⅰ章には、『詩集　愛する歌』（一九六六年）、『同　第二集』（一九六七年、いずれも山梨シルクセンター）収録の詩を収めた。

『詩集　愛する歌』は、やなせの商業出版としての初詩集である。タイトルは、〈「これらの歌（詩）はあまり世に知られることはないにちがいない。けれどもぼくにとっては愛する歌なんだ」という意味です。なんか甘いですねえ。お恥ずかしい〉（『人生なんて夢だけど』二〇〇五年、フレーベル館）。自費出版詩集『こどもごころの歌』『ぼくのまんが詩集』をもとに編まれた『愛する歌』は、収録作の多くがテレビやラジオの仕事として書かれたため、〈読むためよりも歌うことに主眼をおいてつくってあります〉（『愛する歌』「はじめに」）。だがそもそも、やなせにとって詩とは声に出して読まれることが理想だったのだろう。〈昔／詩は／声をだしてうたうものだったのに／やがて／だんだん／詩はむつかしくなった／ぼくのは／詩ではない／歌なのだ／愛する歌なのだ〉（『第三集』「あとがき」）。初版三千部でスタートした『愛する歌』はたちまち版を重ねる大ヒットとなり、続編の刊行も決定する。

第Ⅱ章には、『詩集　愛する歌　第三集』（一九六九年）、『同　第四集』（一九七〇年）、『同　第五集』（一九七二年、いずれも山梨シルクセンター）収録の詩を収めた。

『愛する歌』が評判を呼ぶと、詩を書く仕事が各社から舞いこみはじめた。〈詩人じゃないのに／詩の連載とは図々しい／奇妙なことになったものです〉（『第三集』「あとがき」）。『第三集』以降、雑誌を初出とする詩が数多く収録されていくことになる。『愛する歌』は第五集まで刊行された。

第Ⅲ章には、『小さな雲の詩』（一九七四年）、『人間なんてさびしいね』（一九七六年）、『さびしすぎるよ銀河系』（一九七八年、いずれもサンリオ）に収録の詩を収めた。

『小さな雲の詩』は、〈正確にいえば「愛する歌」第六集に相当する詩集です。おなじタイトルで続けていくべきかどうか迷いましたが「愛する歌」はやはり五集でピリオドをうちたいと思います〉（「あとがき」）。

『人間なんてさびしいね』は、未発表作も交えつつ、既刊の作品集から〈読者の反響の強かったものを中心に〉（「あとがき」）集めた自選詩集。絵は一新されている。

『さびしすぎるよ銀河系』は、雑誌に連載された新作を集めた「ＰＡＲＴ１　遠い青春」と、月刊誌「ホームキンダー」（フレーベル館）一九七七年四月～九月号に連載された全一八編の連作詩を収めた「ＰＡＲＴ２　おとうとものがたり」の二部構成。

第Ⅳ章には、『わたしのえほん　ぼくと詩と絵と人生と』（一九七五年、講談社）収録の全詩を収めた。「おとうとものがたり」と同様、詩で綴った自伝的作品である。

第Ⅴ章には、『天使の詩集』『幸福の詩集』など、一九七〇年より刊行された〈ギフトブック〉シリーズ（山梨シルクセンター→サンリオ）の詩集、『さびしそうな一冊の本』（一九八〇年、サンリオ）、『ところであなたは…？』（一九九九年、三心堂出版社）に収録された詩をおもに収めた。

〈ギフトブック〉は、同シリーズの巻末に添えられたサンリオの辻信太郎社長（当時）名義の「ギフトブックの発行にあたって」によれば、一九六七年十二月より発行のはじまった〈日本で初めて、よりよいコミュニケーションのための贈物の本〝ギフトミニブック〟〉。やなせの詩集も数多く収められ、大人気を博した。いずれも短い詩に絵を添えたハードカバーの小型本である。

『ところであなたは…？』は、「詩とメルヘン」誌の巻頭をかざった「編集前記」を集めた詩集。

「老眼のおたまじゃくし」は、一九七六年に発売されたレコード『０歳から99歳までの童謡』（東芝ＥＭＩ）に収録された。やなせ作詞・いずみたく作曲の歌を収めたこのレコードは、「詩とメルヘン」に「０歳から99歳までの童謡シリーズ」として毎月一曲、やなせによる歌詞と絵、いずみによる楽譜を発表する連載から生まれ、第三集まで発売された。「ノスタル爺さん」は、二〇〇三年発売のＣＤ『ノスタル爺さん』（キングレコード）に収録された。このCDは「やなせたかしオリジナルソング集」と銘打たれ、作詞・作曲（作曲はミッシェル・カマ名義）したやなせ自らが歌い、「やなせたかし鮮烈歌手デビュー！」と宣伝された。

第Ⅵ章には、テレビアニメ『それいけ！アンパンマン』の歌の歌詞とともに、『アンパンマン伝説』（一九九七年、フレーベル館）の詩を収録した。

『アンパンマン伝説』は、一九九五〜九六年に月刊誌「おはよう21」（中央法規出版）で連載された全二〇編の連作詩と絵からなる「詩集アンパンマン伝説」に、書き下ろしのエッセイや写真を加えて、「アンパンマン」の誕生から国民的ヒーローになるまでを綴った一冊。

テレビアニメ『それいけ！アンパンマン』に使用される楽曲は、挿入歌も含め、ほぼすべてやなせ自身が作詞を行なった。「アンパンマンのマーチ」（三木たかし作曲）は、放送開始以来一貫して使われているオープニングテーマ。「勇気りんりん」（三木たかし作曲）は初代のエンディングテーマ。「勇気の花がひらくとき」（いずみたく作曲）は挿入歌で、一九九九年公開の映画『それいけ！アンパンマン勇気の花がひらくとき』の主題歌としても使われた。

やなせ作詞、いずみ作曲による『アンパンマン』の挿入歌は百曲以上あり、最後の歌は「すすめ！アンパンマン号」だった。〈アンパンマン号の歌をつくるとき／いずみ・たくは入院していた／もう余命いくばくもなく／衰弱しきっていた／指で鉛筆をもつことができず／最後の力をふりしぼって／メロディーを口述筆記させた／GO！　GO！　GO！／アンパンマン号GO！／うれしそうに歌いながら／そのまま天国へいってしまった〉（『アンパンマン伝説』）。

「やなせたかし年譜」と「解題」は、文中に引用したやなせ自身の各著作とともに、主に下記の文献を参照して、河出書房新社編集部が作成した。本文庫の編集にあたり、やなせスタジオ、やなせたかし記念アンパンマンミュージアム振興財団、フレーベル館の皆様にはひとかたならぬお世話になった。記して謝意を表します。

『やなせたかし　メルヘンの魔術師　90年の軌跡』中村圭子編、二〇〇九年三月、河出書房新社〈らんぷの本〉／「ユリイカ二〇一三年八月臨時増刊号　総特集☆やなせたかし　アンパンマンの心」二〇一三年七月、青土社／『やなせたかし大全　TAKASHI YANASE ON STAGE』二〇一三年一一月、フレーベル館／サイト「やなせたかし記念館」https://anpanman-museum.net

やなせたかし詩集一覧

『こどもごころの歌』一九六三年、自費出版
『ぼくのまんが詩集』一九六五年、自費出版
『詩集　愛する歌』一九六六年九月、山梨シルクセンター（現・サンリオ）
『詩集　愛する歌　第二集』一九六七年四月、山梨シルクセンター
『ミニ詩集　愛する歌』一九六七年十月、山梨シルクセンター〈ミニブック〉
『ミニ詩集　愛の絵本』一九六八年二月、山梨シルクセンター〈ミニブック〉
『詩集　愛する歌　第三集』一九六九年五月、山梨シルクセンター
『詩集　愛する歌　第四集』一九七〇年九月、山梨シルクセンター

『ミニ詩集　愛する歌』改装版、一九七〇年五月、山梨シルクセンター〈ミニブック〉
『ミニ詩集　愛の絵本』改装版、一九七〇年十二月、山梨シルクセンター〈ミニブック〉
『天使の詩集』一九七〇年十二月、山梨シルクセンター〈ギフトブック〉
『幸福の詩集』一九七一年七月、山梨シルクセンター〈ギフトブック〉
『心の詩集』一九七一年十二月、山梨シルクセンター〈ギフトブック〉
『詩集　愛する歌　第五集』一九七二年四月、山梨シルクセンター
『愛の詩集』一九七二年六月、山梨シルクセンター〈ギフトブック〉
『希望の詩集』一九七二年九月、山梨シルクセンター〈ギフトブック〉
『季節の詩集』一九七三年二月、山梨シルクセンター〈ギフトブック〉
『誕生日の詩集』一九七三年十月、サンリオ〈ギフトブック〉
『ちいさな国の詩集』一九七四年四月、サンリオ〈ミニブック〉
『小さな雲の詩』一九七四年五月、サンリオ
『てのひらをたいように』一九七四年一月、国土社〈しのえほん〉
『パンツはきかえのうた』一九七四年七月、国土社〈しのえほん〉
『感謝の詩集』一九七五年七月、サンリオ〈ギフトブック〉
『わたしのえほん　ぼくと詩と絵と人生と』一九七五年十一月、講談社
『詩集　愛する歌　上巻』『同　下巻』一九七五年四月、サンリオ　＊『愛する歌』全五巻を再編集して
　二分冊にした傑作選
『勇気の詩集』一九七六年一月、サンリオ〈ギフトブック〉
『人間なんてさびしいね』一九七六年六月、サンリオ

『新装版　希望の詩集』一九七六年九月、サンリオ〈ギフトブック〉
『星屑の木のしたで』一九七七年三月、サンリオ
『新装版　幸福の詩集』一九七七年十月、サンリオ〈ギフトブック〉
『出発の詩集』一九七七年十二月、サンリオ〈ギフトブック〉
『誕生日の詩集』新装版、一九七八年九月、サンリオ〈ギフトブック〉
『さびしすぎるよ銀河系』一九七八年十月、サンリオ
『愛する詩集』一九七八年十二月、サンリオ〈ギフトブック〉
『こころの詩集』一九七九年十月、サンリオ〈ギフトブック〉
『さびしそうな一冊の本』一九八〇年十一月、サンリオ
『愛する歌　やなせ・たかし自選詩集』一九八一年十月、サンリオ　＊『愛する歌』全五巻の傑作選
『幸福の詩集』新版、一九八一年十一月、サンリオ〈ギフトブック〉
『星の花』一九八二年七月、ＰＨＰ研究所
『幸福の詩集』新装版、一九九〇年十月、サンリオ〈ギフトブック〉
『詩集　愛する歌　第一集』新装版、一九九一年四月、サンリオ
『詩集　愛する歌　第二集』新装版、一九九一年四月、サンリオ
『詩集　愛する歌　第三集』新装版、一九九一年四月、サンリオ
『詩集　愛する歌　第四集』新装版、一九九一年五月、サンリオ
『詩集　愛する歌　第五集』新装版、一九九一年六月、サンリオ
『人間なんておかしいね』一九九六年二月、勁文社
『アンパンマン伝説』一九九七年七月、フレーベル館

『愛・LOVE・優』一九九八年十二月、有限会社やなせスタジオ
『ところであなたは…?』一九九九年一月、三心堂出版社
『優・LOVE・美』二〇〇〇年六月、有限会社やなせスタジオ
『やなせたかし童謡詩集　希望の歌』二〇〇〇年七月、フレーベル館
『生きているってふしぎだな』二〇〇〇年八月、銀の鈴社
『やなせたかし童謡詩集　勇気の歌』二〇〇〇年九月、フレーベル館
『あこがれよ　なかよくしよう』二〇〇一年二月、銀の鈴社
『やなせたかし童謡詩集　幸福の歌』二〇〇一年四月、フレーベル館
『人間なんておかしいね』再刊、二〇〇二年十二月、たちばな出版
『やなせたかし全詩集』二〇〇七年一月、北溟社
『人生いつしかたそがれてわずかに残るうすあかり』二〇〇七年九月、白泉社
『やなせたかし詩画集　幸福』二〇〇七年十月、あおぞら出版社　＊ポストカードブック
『やなせたかし詩画集　希望』二〇〇七年十月、あおぞら出版社　＊ポストカードブック
『たそがれ詩集』二〇〇九年五月、かまくら春秋社
『ちいさなてのひらでも』二〇一一年十月、双葉社　＊『やなせたかし詩画集　幸福』『同　希望』の
　改題・再編集版
『アホラ詩集』二〇一三年三月、かまくら春秋社
『歯科詩集　は、は、は、歯のおはなし』二〇一三年三月、かまくら春秋社

このさびしさは、どこから　解説に代えて

小手鞠るい

悩んでいる友だちを慰めたいとき、壁にぶち当たって途方に暮れている自分を励ましたいとき、その日の仕事を終えて晴れ晴れと、昼下がりの森を散歩しているとき、見上げた空がただ青いというだけで、なぜか、泣きたくなってしまうとき、台所に立ってボウルの中身をかき混ぜながら、パンやケーキを作っているさいちゅうに、わたしの心にいつもふと、浮かんでくる詩がある。

正確に言うと、詩のタイトルがふたつ。

「しあわせよカタツムリにのって」と「人間なんてさみしいね」――。

思い返せば十四歳のとき、やなせたかしの詩に初めて出会って以来、きょうまでの五十年あまりの日々の中で、わたしは幾度、この二編の詩に再会し、再読し、行間を読み、余白を読み、詩の言葉を声に出して読み、ノートに書き抜き、書き写したもの

を読み返してきたことだろう。

世の中の多くの人たちが我先にと自身の幸福を追求しているとき、やなせたかしは「しあわせよ　あんまり早くくるな　しあわせよ　あわてるな」と、ひとりごとのように小さくつぶやく。人々がオリンピックの競技に一喜一憂しているときには「どうせこの世はまともじゃない　オレもオマエもみなさんも　ほんとはマチガイかもしれない」と、苦笑いを浮かべて嘯《うそぶ》く。

そのあとに置かれているのは、こんな言葉である。

たったひとりで生れきて
たったひとりで死んでいく
人間なんてさみしいね
人間なんておかしいね
マチガイだったらよかったね

お腹を空かせた人を、自分の顔を食べさせて救い、悪と戦う正義の味方、アンパンマンの作者であり、終生、人々に勇気と希望を与え続けてきたやなせたかしの書いた言葉とは思えない――と、わたしは思わない。

これこそがやなせたかしの詩であり、すべての詩の泉の水源にある「孤独のおもいに胸せまる」の実体ではないかと思う。

やなせたかしは、繰り返し、繰り返し「孤独」を詠《うた》っている。

詩の中ではそれは「さみしい」「さびしい」「さびしすぎる」と表現される。

本書の目次を見ただけでも「人間なんてさみしいね」に始まって「さびしいカシの木」「さびしい鉄火巻」「さびしい日」「サムガリ、サビシガリ、フルエンズ」「さびしすぎるよ銀河系」「さびしそうな一冊の本」と、さびしさのオンパレードである。

詩に描かれる世界観は「地球の仲間」「海は地球の仲間」「宇宙船のやってきた日」そして、この詩を知らない人はいないと言っても過言ではないだろう「てのひらを太陽に」——と、スケールが大きい。雲、流れ雲、月、月夜、星月夜、水平線、夕陽、青空。詩の言葉は常に、空を見上げている。けれども、やなせたかしの銀河系は「さびしすぎるよ」なのである。

合計二百八十三編もの詩が収められている『やなせたかし全詩集』(二〇〇七年、北溟社刊)の中から一編、わたしの好きな作品を引いてみる(以下、詩の引用はすべて『やなせたかし全詩集』より)。ここにも「さびしい雲」が登場する。風は「みえない青空はさびしすぎる」と語っている。

ぼくはちいさな雲だから
風にふかれてとぶだけさ
なにをもとめて生きようか
なにがこの世のしあわせで
なにがこの世のふしあわせ
いつまでつづく空の旅

ぼくはさびしい雲だから
生れたところもわからない
なにをさがして生きようか
昨日も今日もまた明日も
青い地球に影おとし
さまよい歩く旅びとさ

ぼくは名もない雲だから
空のどこかできえるだけ
なにをたよりに生きようか

それでも風がいっていた
ぼくのみえない青空は
なんだかさびしすぎるねと

——「ちいさな雲の歌」

長きにわたって編集長を務めていた雑誌『詩とメルヘン』で、やなせたかしは、無名の投稿詩人（二十代のわたしもそのひとりでした）や、物書きの卵や、駆け出しのイラストレーターに、惜しげもなく作品の発表の場を与え、まるで星屑《ほしくず》を拾い集めるようにして（雑誌には「星屑ひろい」というコーナーがありました）後進の育成に献身していた。この類《たぐ》い稀《まれ》な芸術家、やなせたかしの原点は「さびしさ」だった。わたしの好きな詩をもう一編、書き写してみる。この詩も、とてもさびしい。

なぜ
私だけひとりかと
なぜ
私だけ哀しいかと
なぜ
私だけつらいのかと

夕陽にききたい
こたえてほしい
だのに
夕陽は
しずむだけ
私はさびしい雲だから
夕陽よとまれ
もうすこし
私を紅くそめていて

――「夕陽と私」

自身をさびしい雲にたとえて、やなせたかしは風の声に耳を傾け、夕陽に問いかけている。なぜ、こんなにつらくて、哀しくて、さびしいのか、と。

詩の言葉として、銀河系や宇宙を好んで使ったやなせたかしは、その一方でちいさなものを愛してやまなかった。「ちいさな涙」「ちいさな紳士」「春の消しゴム」「ちいさな星の花嫁」「シャツのほころびと上衣のシミ」「けしごむ哀歌」「ちいさな雲の歌」「ごはん粒ひと粒」「一円玉の希望」「ちいさな紙コップ」「蟻」「こいぬのかなしみ」「まだほんのちいさな」――。

なんにもない
なんにもない
ぼくには今日
なんにもない
でも
なんにもないはずのポケットに
なにか指先にさわるものがある

小さな「一枚の五円玉」は、このような七行で始まっている。
ぼくがポケットから取り出した五円硬貨だけでは、当然のことながら、バスにも乗れないし、なんの役にも立たない。

なんだかさびしい五円玉
ぼくの心とおんなじに
まんなかに穴があいている
五円玉を眼にあてて

穴から世間をのぞきながら
ぼくは　あてなく歩いていった

この、水瓶からあふれ出るような、湧き出す泉のような「さびしさ」は、いったいどこから、やってくるのだろう。七十代になり、アンパンマンで大成功し、名実ともに日本を代表する作家であったやなせたかしの心から、生涯、消えることのなかった、言ってしまえば、魂のようなさびしさは、どこから。

わたしはその答えを「母とのわかれ」「ちいさな木札」「海彦・山彦」に見出す。『やなせたかし全詩集』のあとがきの最後に、当時八十七歳だったやなせたかしは、こう書いている。


もうひとつ、亡弟千尋の鎮魂のために一章を割いた。人生の終りになると日増しにたったひとりの肉親であった弟への愛惜のおもいが深くなる。あらゆる点でぼくよりも優れていた弟が生きていればと最近しきりに思う。

個人的な感傷だが、この本は三十二歳で逝ったぼくの父と二十二歳で戦死した弟の霊に捧げたい。二人とも苦笑して「なんだこれは下手くそだ」と言うかもしれないが。

さびしさは、どこから。

鎮魂、愛惜のおもい、個人的な感傷——ここから、なのではないか。

これが正解である、と言うつもりは毛頭ない。正解は、人によって異なっているだろうし、やなせたかしの詩を読んだ人の数だけ、その人たちの心に、このさびしさは宿り、存在し続けるだろう。

一九六〇年代後半から八〇年代にかけて、やなせたかしのイラスト付きで次々に刊行された詩集が、なぜ、あんなにも多くの読者の心をとらえて放さなかったのか（十代だったわたしもそのひとりであったわけですが、熱心な読者の中には男性も大勢いたことを、わたしは知っています）。そうして、一部の読者からは、いかにも少女趣味と敬遠されながら、それでも長く熱く支持され、今日でも、まるで一生の宝物のようにして愛され続けているのか。その理由は、この詩に在るのではないかと、かつての少女で、今は六十代後半のわたしは思っている。

生れたときはひとりだったし
死ぬときもひとりだもの
いまひとりだって

さびしくない
いや
ちょっとさびしい
なぜだろう

——「ひとり」

わたしも今、このようなさびしさを抱えたまま、生きているし、書いている。さびしさを抱えて生きているのは、わたしだけではないはずだと、七十年近く「人間なんてさみしいね」を生きてきたわたしには断言できる。

十代の頃には、あこがれの詩人だった。雲の上の人だった。二十代のときには「詩とメルヘン賞」を与えていただき、第一詩集『愛する人にうたいたい』を出していただいた。事実上、わたしのデビュー作となったこの詩集の巻頭に寄せられた、やなせたかしの文章の一部を紹介する。

> 川滝さん（筆者注・わたしの実名です）の名前の川も滝もあまり大きくはない。観光名所の滝のようなけたたましさはない。でもごくありふれた山道で疲れた旅びとはおもいがけない清流を発見してほっとするにちがいない。
> 日本詩人全集の巻頭をかざるような大詩人の詩よりも、ぼくはもっと川滝さん

の詩になぐさめられる。どうかこれからも偉大な詩人なんかにならないでください。そこにひっそりとはにかみがちにいてください。

「川滝さん、有名になんか、ならなくていい。突っ張って、難解な詩を書く必要なんてないんだよ」

やなせたかしはいつも、出来の悪い弟子を、こんな言葉で励ましてくれた。詩人は野の人であるべきだ、路傍で咲くたんぽぽのようであるべきだ。この教えは、やなせたかしがわたしに与えてくれた最大の贈り物だった。

ぼくの詩は
たいてい
つかいふるしの
紙屑のうらなんかにかきます
立派な名前いり原稿用紙には
どうしてもかけません
おびえてしまいます
なぜなら

ぼくに似あわない
ふつりあい
分不相応とおもうのです
たとえば
河原に流れついた
やぶれたゴムまり
そのゴムまりは水にさらされて
なんともいえない美しい灰色
美しいとは思っても
そのゴムまりは床の間には似あわない
しょせん　無用のものですね
とりとめもなく
さりげなく
さりとて棄《す》てるには惜しい
破れたゴムまり
それがぼくの詩とすれば
つかいふるしの紙屑のうらが

いちばんかきやすい
とまあそういうわけでして
実にいやはや赤面す
――「つかいふるしの紙屑のうらなんかに詩をかくわけ」

小学生でも理解できるような平易な言葉で、一見、さらさらと書かれているかのように見えるけれど、声に出して読んでみると、あるいは、紙に穴があくほど見つめていると、詩が歌となって、メロディとなって、音楽となって、わたしたちの琴線に触れ、心に染み入り、あるいは分け入り、胸の奥の扉を開く。扉の向こうに秘められている記憶が呼び覚まされる。そのように書かれている。技巧は、凝らされている。徹底的な推敲がなされたあとの、澄み切った川の流れである。

ぼくが五歳　弟が三歳のとき
父が亡くなった
父は三十二歳の若さだった
文学と美術を愛した
気鋭の新聞記者だった
家に大勢のひとがきた

みんな家族は泣いていたが
ぼくと弟は泣かなかった
ぼくは少しかなしかったが
弟は笑ってふざけていた
父は外国で死んだから
ぼくたちは父の最期を知らない
梅の木の下で
ぼくらはビー玉をしてあそんだ
あの梅の花の白さは
今もよくおぼえている
大きくなってから
ぼくは何度か他人の葬式にいった
残された子どもがちいさくて
お客さんの顔をみてにこにこ
うれしそうにしているのをみると
あれがぼくだった
あれが弟だったと

身につまされるおもいがする
かなしみははるかにおくれてやってくる
そのときには
まだ
なにも
わからない
人生のはじまりには
なにひとつわからない
ぼくたちは
母が財布をあければ
そこにはいつも
お金が入っていると
信じていた

――「父の死」

「そのときには　まだ　なにも　わからない」という四行の書かれ方、置かれ方の確かさと潔さ。川底に沈んでいる丸くて白い小石のような、言葉がわたしたちの素足の裏に触れる。

疲れたひとをやすませたい
さびしいひとをなぐさめたい
悲しいひとをほほえませたい
でも
どうやって
どうすれば
そんな大それたことが出来るだろう
じぶんでさえもボロボロで
もうくじけそうと思うのに
まして他人のことにまで
お節介ができるはずがない
しかし　私は何かしたい
ひとの心をよろこばせたい
なぜなら　打ち沈みがちな人生で
それが　私のよろこびだから
ところで　あなたは……。

——「疲れたひとをやすませたい」

このやなせたかしの問いかけに、わたしは答える。さびしい。とてもさびしい。あまりにもさびしい。泣きたくなる。人は人を裏切り続け、戦争は終わらず、環境破壊も止められない。人生も人間もさびし過ぎる。だから慰めてくれ、と、やなせたかしは書かない。だからこそ、人を休ませ、慰め、微笑《ほほえ》ませたい。

こう書くだけではなくて、やなせたかしはこの思想を実践した。自分の人生をまるごと捧げて、自分の顔をちぎって、お腹を空かせた人たち、さびしくてつらくて泣いている孤独な人たちに、食べさせてあげようとした。「うさぎの幸福」を書き「無人島の幸福」を書き「虫の幸福」を「犬の幸福」を書き「パン屑の幸福」「麦の幸福」「じゃがいもの幸福」「みそしるの幸福」を書いて、わたしたちの孤独や寂しさを埋め、悲しみや苦しみを和らげようとしてくれた。

やなせたかしは成功し、揺るぎない名声を得たあとも、路傍で咲くたんぽぽとして、人々を癒《いや》し、慰め続けた。「でも　どうやって　どうすれば」と、修行僧のように探求を続けた。みずからが書いた詩を生きた。

これこそが、やなせたかしの詩が、詩人やなせたかしが、さびしすぎる銀河系のかたすみで、永遠に輝き続けるゆえんなのではないか。最後に「悲しみは古い仲間」を掲げて、わたしは、窓の外に広がっている夜空を見上げる。

そこにいるのは悲しみか
霧がふかくてみえないけれど
こっちへおいで悲しみよ
ぼくに涙をわけておくれ

ひとりぼっちの悲しみよ
つらい心でうなだれてるね
なかよくしよう悲しみよ
ぼくとおまえは古い仲間

どこへ行くのか悲しみは
暗い荒野を涙こぼして
昔なじみの悲しみよ
ぼくを今夜は泣かせてくれ

（こでまり・るい／作家）

本書は河出文庫オリジナル編集です。

やなせたかし詩集《ししゅう》

てのひらを太陽《たいよう》に

二〇二四年一一月二〇日　初版発行
二〇二五年 七 月三〇日　5刷発行

著　者　やなせたかし
発行者　小野寺優
発行所　株式会社河出書房新社
〒一六二－八五四四
東京都新宿区東五軒町二－一三
電話〇三－三四〇四－八六一一（編集）
〇三－三四〇四－一二〇一（営業）
https://www.kawade.co.jp/

ロゴ・表紙デザイン　粟津潔
本文フォーマット　佐々木暁
本文組版　KAWADE DTP WORKS
印刷・製本　中央精版印刷株式会社

Printed in Japan ISBN978-4-309-42152-0

藤子不二雄論

米沢嘉博 41282-5

「ドラえもん」「怪物くん」ほか多くの名作を生み出した「二人で一人のマンガ家」は八七年末にコンビを解消、新たなまんが道を歩み始める。この二つの才能の秘密を解き明かす、唯一の本格的藤子論。

漫画超進化論

石ノ森章太郎 41679-3

石ノ森がホスト役となって、小池一夫、藤子不二雄Ａ、さいとう・たかを、手塚治虫という超豪華メンバーとともに語り合った対談集。昭和の終わりに巨匠たちは漫画の未来をどう見ていたのか？

ギャグ・マンガのヒミツなのだ！

赤塚不二夫 41588-8

おそ松くん、バカボン、イヤミ……あのギャグ・ヒーローたちはいかにして生まれたのか？ 「ギャグ漫画の王様」赤塚不二夫が自身のギャグ・マンガのヒミツを明かした、至高のギャグ論エッセイ！

鉄腕アトム　初単行本版　1

手塚治虫 41923-7

漫画の神様・手塚治虫の代表作『鉄腕アトム』。雑誌連載版から複数の単行本まで様々なバージョンがある中で、ひとつの頂点ともいえる1956年刊行の光文社版をカラー頁もそのままに文庫サイズで復刻。

鉄腕アトム　初単行本版　2

手塚治虫 41924-4

手塚治虫の代表作『鉄腕アトム』のひとつの頂点、光文社刊行の初単行本版をカラー頁もそのままに文庫サイズで復刻。巻末資料も充実。第２巻は「ZZZ総統」「ゲルニカ」「冷凍人間」「コバルト」を収録。

鉄腕アトム　初単行本版　3

手塚治虫 41925-1

漫画史に輝く金字塔『鉄腕アトム』のひとつの頂点、光文社刊行の初単行本版をカラー頁もそのままに文庫サイズで復刻。巻末資料も充実。第３巻は「気体人間」「赤いネコ」「電光人間」を収録。全３巻。